KB032262

SPY ROOM

code name

애랑

스파이 교실

허니문 레이커

단편집
03

스파이 교실

허니문 레이커

단편집

03

저자 타케마치
일러스트 토마리

SPY ROOM

the room is a specialized institution of mission impossible
honeymoon raker

CONTENTS

CHARACTER PROFILE

애랑
Grete

어느 거물 정치가의 딸.
정숙한 소녀.

화원
Lily

벽지 출신의
세상 물정 모르는 소녀.

화톳불
Klaus

『등불』의 창설자이자
「세계 최강」의 스파이.

몽어
Thea

대형 신문사
사장의 외동딸.
고아한 소녀.

빙인
Monika

예술가의 딸.
불손한 소녀.

백귀
Sibylla

갱 집안에
태어난 장녀.
늠름한 소녀.

우인
Erna

전 귀족. 빈번히 사고와 조우하는 불행한 소녀.

망아
Annett

출신 불명. 기억 상실. 순진한 소녀.

초원
Sara

거리 레스토랑 셰프의 딸. 소심한 소녀.

Team Otori

개풍
Queneau

고익
Culu

비금
Vindo

우금
Pharma

상파
Vics

뜬구름
Lan

프롤로그 문레이커 전승

달이 저물려고 했다. 살짝 이지러진 달. 그것이 뜬 서쪽 하늘을 향해, 피에 젖은 오른손을 뻗었다. 손가락은 무엇도 만지지 못하고 허공을 할퀴었다.

남자의 낮은 목소리가 들렸다.

"달을 잡으려고 한 건가? 마침내 착란에 빠졌나."

후드로 얼굴을 가린 키 큰 남자는 조금 떨어진 곳에 서 있었다.

"이 나라에는 이런 말이 있지. ―달을 긁어모으는(문레이커) 자."

목소리는 즐겁게 이어졌다.

"연못에 비친 달을 갈퀴로 긁어모으는 어리석은 자― 딱 지금의 너 아닌가."

냉소적인 말에 어떻게 대답하면 좋을지 알 수 없었다. 차오르는 감정을 말로 표현하는 데 시간이 걸려서 긴 한숨을 내쉬었다.

자신은 지금 땅에 나자빠져 있었다. 왼팔에서는 엄청난 양의 피가 흘렀고 감각이 없었다.

있는 것은 이상한 사명감이었다. 긁어모아야 한다. 그 밤에 올려다봤던 달의 조각을.

1장 case 팔마

아침이 찾아왔다.

커튼 사이로 비쳐 드는 아침 햇살에 이끌린 것처럼, 사라는 몸을 일으켰다. 으응~ 하고 크게 기지개를 켠 후, 침대에서 내려왔다. 어젯밤에 어리광 부리듯 침대에 들어온 강아지 조니는 여전히 이불 속에 있었다.

『초원』 사라— 작은 동물을 방불케 하는 동글동글한 눈과 구불거리는 갈색 머리를 가진 소녀.

그녀는 파자마를 벗고 위장용 교복으로 갈아입었다. 리본을 쭉 펴고, 마지막으로 트레이드마크인 뉴스보이캡을 깊이 눌러쓴 후 방을 나섰다.

세수하고자 세면소에 들르니, 큰 가슴과 사랑스러운 외모가 특징인 은발 소녀—『화원』 릴리가 있었다.

"릴리 선배. 좋은 아침입다."

"아, 사라."

인사하자 릴리가 활짝 웃으며 화답했다.

웬일이지? 하고 사라는 생각했다. 평소에 릴리는 곧잘 늦잠을 잤다. 설마 아침 일곱 시에 깨어 있을 줄이야.

"후후, 오늘은 일찍 일어났네요."

웃으며 말하니, 릴리는 흐흥~ 하고 콧방귀를 뀌었다.

"그야 그렇죠! 휴가인걸요! 늦게 일어나는 건 아까워요!"

—휴가.

장기 임무를 끝낸 스파이에게 주어지는 약 2주간의 휴식 시간이다. 늘 위험과 함께하는 소녀들에게 휴양은 꼭 필요했다. 몸을 쉬고 기운을 회복하지 않으면 정신이 버티지 못한다.

소녀들은 룽청이라는 극동의 나라에서 임무를 완수한 참이었다.

"그렇죠. 역시 휴가는 좋습다."

사라도 즐겁게 대답했다.

휴가 기간은 물론 각자가 자유롭게 지내도 됐다. 여행을 하든, 독서를 하든, 예술을 감상하든, 전부 인정됐다. 스파이는 급료가 높아서 자금도 윤택했다. 2주 내내 호화롭게 놀아도 됐다.

그렇다! 바야흐로 지금, 근사한 장밋빛 휴가가 한창이었다!

그럴 텐데—.

"어라? 방금 묘한 두통이 있었습다."

사라가 얼굴을 찡그렸다.

"응응? 저도 이상한 기억이 섞여 있는 것 같아요……."

릴리가 고개를 갸웃했다.

노이즈가 머릿속을 스쳐서, 소녀들은 침음을 흘렸다.

방금 막 일어난 참인지라 머리가 잘 돌아가지 않았다.

좋지 않은 기억이 떠오르려고 했다. 그래, 그건 휴가 첫날에 『등불』의 보스인 클라우스에게 들은, 휴가가 엉망이 될지도 모르는 통

보였던 것 같은데—.

두 사람은 동시에 고개를 휘휘 저었다.

"기, 기분 탓임다. 휴가를 만끽하죠."

"그래요! 온갖 굴레에서 해방되는 것. 그게 휴가인걸요!"

"무서운 일 같은 건 일어나지 않겠죠?"

"네, 물론이죠! 행복이 가득해요!"

"휴가 첫날에 아무 일도 없었슴다!"

"네, 아무 일도 없었어요!"

얼버무리는 듯한 대화를 나눈 소녀들은 세수하고 식당으로 내려갔다. 어젯밤에 맛있는 빵을 많이 구워 뒀다. 버터 냄새가 나는 빵을 다시 따뜻하게 데워서 왕 베어 물면 행복하게 휴가를 시작할 수 있을 것이다.

소녀들은 식당 문을 열었다.

소녀들이 먹으려고 한 빵을 먹는, 인상 사나운 청년이 식탁 앞에 있었다.

"음. 지금 일어났나. 『등불』의 여자들. 오늘도 실례하지."

""뭔가 있어어어어어어어어어어어어어어어어어어!""

사라와 릴리의 절규가 울렸다.

◇◇◇

—세계는 아픔으로 가득하다.

세계 대전 후, 각국이 스파이를 이용한 모략으로 싸우는 시대— 소국 딘 공화국도 첩보 기관을 설립하여 스파이를 전 세계에 파견하고 있었다.

『등불』도 그중 하나였다. 남성 한 명과, 스파이 양성 학교의 낙오자 소녀 여덟 명으로 편성된 스파이팀. 보스인 남성·클라우스의 지도하에 멤버들은 훈련을 소화하며 불가능 임무라고 불리는 고난도 임무에 도전했다.

반면, 극동의 땅에서 만난 팀 『봉황』은 『등불』과 대조적인 집단이었다. 멤버는 국내의 모든 양성 학교를 대상으로 이루어진 졸업 시험의 성적 상위자. 3천 명 중 톱6. 틀림없는 엘리트 집단이었다.

운명처럼 만난 두 팀은 클라우스를 둘러싸고 싸운 후 화해했다.

그 후 헤어져서, 한동안은 만날 일이 없으리라고 다들 생각했었다.

하지만 휴가 첫날에 클라우스가 말을 꺼냈다.

『「봉황」을 훈련시키고 싶어.』

『봉황』은 클라우스를 보스로 데려갈 권리를 얻었으나 『등불』을 위해 포기했다. 그 빚을 갚기 위해, 클라우스는 『봉황』을 아지랑이 팰리스에 초대했다.

클라우스가 실시하는 훈련— 『나를 쓰러뜨려라』.

처음에 엘리트들은 미심쩍어했지만, 반신반의하며 클라우스에게 덤비고 훌륭하게 참패했다. 자존심이 크게 상했는지 이튿날도 아지랑이 팰리스에 찾아왔으나 참패했고, 이후 그 사이클을 반복하게 되었다. 거의 매일 같이 오는 모습은 가히 집념이었다.

『봉황』은 스토커가 되었다.

롱청에서 귀국한 후 『봉황』이 펜드 연방으로 떠날 때까지 한 달간.

두 스파이팀의 「밀월」이라고도 할 수 있는 교류 기간은 그렇게 시작됐다.

◇◇◇

식당에서 빵을 먹고 있는 사람은 『비금』 빈드.

눈초리가 날카로운 갈색 머리 남자였다. 3천 명이 넘는 양성 학교의 학생 중에서 으뜸가는 성적을 거둔 수재로, 지금은 『봉황』의 보스. 동년배 중에서는 특출한 실력을 가진 유망한 젊은 스파이였다.

그리고 가장 빈번히 『등불』의 거점을 찾아오는 필두 스토커였다.

옆에는 비취색 머리를 포니테일로 묶은 소녀—『고익』 큐르도 있었다. 둥근 안경을 썼고, 평소에는 그야말로 우등생다운 여유로운 미소를 지었다. 양성 학교 전교생 중 넘버 4.

지금은 겸연쩍은 얼굴로 「……항상 미안해」라고 말하며 고개를 숙이고 있었다.

릴리와 사라는 필사적으로 잊으려 했던 기억을 떠올리고 머리를 부여잡았다.

그랬다. 이들이 바로 즐거운 휴가를 망치러 오는 침략자였다. 『봉황』의 엘리트들은 기본적으로 소녀들의 사정을 생각하지 않고 찾아왔다.

이윽고 다른 소녀들도 잇따라 식당에 내려왔고, 당연하다는 듯 눌러앉은 빈드를 보고서 「우와, 벌써 와 있어……」 하고 눈총을 보냈다.

빈드는 눈총을 묵살하고서 계속 빵을 먹었다. 아침 일찍부터 이미 와 있었던 것 같았다.

"근데 한가한가 봐요, 빈드 씨……."

릴리가 연민하는 눈으로 보자 빈드가 릴리를 노려봤다.

"안 한가해. 클라우스와 훈련하고 있을 뿐이야."

"하지만 첫날에 진 이후로 매일 오고 있잖아요."

"오늘 아침에도 두 번 패배한 참이야."

"벌써 두 번이나 졌다고요?"

"지금은 배를 채우는 중이야. 아아, 주방에 있던 걸 먹었어. 고마워."

"우리의 아침이이이이이?!"

대식가인 빈드는 주방에 있는 식자재를 곧잘 무단으로 먹어 치웠다. 몰래 먹는 것도 아니고 당당하게 먹어 치웠다.

소녀들이 어젯밤 구운 빵은 거의 사라진 상태였다.

큐르가 「……미안해. 말리긴 했는데」라고 말하며 재차 머리를 숙였다.

물론 소녀들이 할 수 있는 말은 하나였다.

“““““““““돌아가!! 『봉황』 고 홈!!”””””””””

이제 거의 입에 붙다시피 한 문구였다.

참고로 현관에는 『「봉황」 사절』이라는 팻말이 걸려 있지만 매번 무시당하고 있었다.

소녀들이 돌아가라고 외쳐도 빈드는 태연한 얼굴이었다.

“그건 그렇고 오늘은 다른 용건이 하나 더 있어.”

“음?”

“팔마, 네 입으로 설명해.”

빈드는 일방적으로 이야기를 진행하고서 옆자리를 턱짓했다.

자세히 보니 식당에 한 명이 더 있었다. 빈드와 큐르 뒤에 숨듯 몸을 웅크리고서 양손으로 호두빵을 먹고 있었다.

어른스러운 여성이었다. 『등불』의 소녀들보다 나이는 조금 더 많을지도 모른다. 거의 관리를 하지 않은 듯 부스스한 머리, 적당히 살집이 있는 포동포동한 몸. 눈도 졸려 보여서 어딘가 나태한 분위기를 풍겼다.

“아~ 잠시 실례 중이야~.”

그녀는 생글생글 웃으며 손을 흔들었다.

“팔마라고 해~ 처음 보는 사람도 많으려나~.”

『봉황』의 일원이었다. 『우금』 팔마— 양성 학교 전교생 중 톱5.

롱청에서는 존재를 감추고 있었기에 『등불』과는 거의 접점이 없어서 수수께끼에 싸인 인물이었다. 모니카와 싸웠다는 모양이지만 특기는 판명되지 않았다.

소녀들이 빤히 쳐다보자, 팔마는 크게 기지개를 켰다.

"아~."

기운 빠지는 목소리였다.

"지금은 맛있는 빵을 먹는 중이니까~ 나중에 설명해도 될까~?"

"""""먹지 마!"""""

"으에에에?"

호통친 소녀들은 팔마에게서 빵을 뺏었다.

"돌려줘……! 요즘 괜찮은 보석이 많길래 사들이느라 돈이 없단 말이야~ 오늘은 아침도 못 먹었어~!"

팔마는 슬프게 호소했지만, 애초에 빵을 뺏긴 건 소녀들이었다. 피해자 행세하지 말라고 가차 없이 대꾸했다.

얘기가 진행되질 않네, 하고 옆에서 큐르가 한숨을 쉬었다.

"있지, 『등불』에서 사람을 빌리고 싶어."

결국 큐르가 설명을 시작했다.

"우리가 수행 중인 임무에 일손이 좀 부족해서 말이야. 오늘 밤, 몇 명이 팔마 씨랑 같이 가 주지 않을래?"

"어?"

생각지 못한 제안이었다. 설마 엘리트들에게 부탁받는 날이 올 줄이야.

농담인가 싶었지만, 빈드가 진지한 눈으로 설명을 보탰다.

"클라우스와는 이미 얘기를 끝냈어. 성공 보수도 지급될 거야.

대부분 팔마가 알아서 할 거고, 너희는 레스토랑에서 맛있는 밥 한 끼를 먹기만 하면 돼. 부탁할 수 없을까?"

"그렇게 된 거야~ 부탁해~."

이어서 팔마도 양손을 맞대고 머리를 숙였다.

"이런 부탁을 할 수 있는 건~ 『등불』밖에 없어~."

상당히 절박한 상황인 듯했다.

『등불』의 소녀들이 동요한 목소리를 냈다.

전술한 대로, 『등불』은 낙오자 집단이다. 일단 스파이 세계에서 활약하고 있지만, 양성 학교 시절의 열등감을 여전히 품고 있는 소녀도 많았다. 특히 『봉황』과의 실력 차이는 룽청에서 여러 번 통감했다.

그런 그들이 자신들을 의지해 주니 기분이 나쁘지는 않았다.

"흐, 흐음, 도와달라고 하니 어쩔 수 없죠."

릴리의 입꼬리가 비실비실 올라갔다.

"이제부터 휴가를 즐기기 위해서도 돈은 있는 편이 좋고, 스파이로서 동포의 부탁은 거절하지 않아요. 여러분은 어때요?"

다른 소녀들도 긍정적인 반응을 보였다. 언제 화를 냈냐는 듯 「뭐, 상관없어」「이렇게나 부탁한다면야」 하고 기쁨과 쑥스러움을 내비쳤다.

"고마워~!"

기뻐하며 자리에서 일어난 팔마가 소녀들의 손을 차례로 붙잡았다. 거리감이 가까웠다.

“흐흥, 그럼 『봉황』을 구할 초대형 조력자, 릴리가 나설 차례네요!”

릴리가 자신의 가슴을 탁 두드렸다.

“부탁받은 일은 맡겠어요! 불가능을 가능케 하는 것이 우리 『등불』이에요. 자, 『봉황』을 구해—.”

“아, 넌 괜찮아.”

팔마는 매정하게 릴리를 무시하고서 후방에 있는 소녀들에게 시선을 보냈다. 떠들썩한 소녀들 뒤에 숨어 상황을 지켜보던 사람이 셋 있었다.

『우인』 에르나— 인형 같은 가련한 외모와 긴 금발을 가진 소녀. 타고난 낯가림을 발휘하여 겁먹은 표정으로 팔마를 보고 있었다.

『망아』 아네트— 커다란 안대를 차고, 회분홍 머리를 난잡하게 묶어 올린 소녀. 식당에 있는 침입자를 재미있다는 듯 관찰하고 있었다.

그리고 그녀를 지키듯 서 있는 『초원』 사라.

“에르나, 아네트, 사라, 잘 부탁해.”

“““…………?”””

세 사람은 동시에 고개를 갸웃했다.

지명받은 것은 『등불』에서 나이가 어린 축에 드는 멤버였다.

에르나와 아네트는 14세. 사라는 15세. 강력한 특기를 가지고 있어 안 보이는 곳에서 모략하는 게 특기인 세 사람이지만, 정신적인 측면이 아직 불안하여 앞으로 나서기엔 위태로운 점도 많았다.

—왜 팔마는 그녀들을 지명했는가.

의문스럽긴 했지만, 팔마는「덕분에 살았어~ 고마워~」라며 진심으로 안도한 듯 가슴을 쓸어내리고 있었다.

이제 와서 물릴 수 없었다.

◇◇◇

팔마는 에르나와 아네트에게 옷을 갈아입으라고 지시했다. 임무를 위한 옷은 이미 그녀가 사서 가져온 상태였다.

사라에게는 편한 사복을 입으면 된다고 했기에, 예전에 티아가 준비해 준 블라우스와 연두색 치마로 갈아입었다.

좀 멋쩍은 마음으로 홀에 가니, 기다리고 있던 팔마가「아~ 사라 귀여워」라며 미소 지었다.

사라는 어떻게 반응하면 좋을지 알 수 없었다.

복잡한 심경이었다. 지금부터 엘리트와 함께 임무에 도전한다는 상황보다도 더 사라를 곤혹스럽게 하는 요소가 있었다.

"저, 저기."

사라가 쭈뼛쭈뼛 말했다.

"응? 왜~?"

"—『투영』 씨죠? 외딴섬의 양성 학교에 다녔던."

"맞아~ 코드 네임은 바뀌어~."

팔마가 수긍했다.

그랬다. 사라와 팔마는 같은 양성 학교 출신이었다.

롱청에서 두 사람이 대면한 것은 헤어질 때였기에 말은 안 걸었지만, 사라는 눈치채고 있었다. 사라가 2년 동안 지냈던 양성 학교에서 늘 정상에 군림했던 여성이었다.

당시에는 『투영』이라는 이름이었지만, 『봉황』에 가입하면서 『우금』으로 바꾼 듯했다. 그러고 보니 『봉황』 멤버의 코드 네임에는 통일감이 있었다.

"팔마도 사라를 기억해~."

그녀도 눈치챘던 모양이다.

"자주 울었지~ 모래사장 구석에서."

"……읏."

사실을 지적당한 사라는 말문이 막혔다.

게으름뱅이이긴 해도 뛰어난 연기력과 사격 기술을 가지고 있었던 팔마에 비해, 사라는 뭘 시켜도 못했다. 집에도 돌아갈 수 없어서 매일 혼자 울었다.

팔마는 그런 사라를 기억하고 있었던 모양이다.

"……아, 미안. 언급하지 않길 원했으려나~."

뭔가를 알아차린 듯 팔마가 양손을 흔들었다.

"아무튼 와 줘서 고마워~ 사라. 덕분에 살았어~."

"아, 아뇨! 팔마 선배가 저 같은 사람한테 감사 인사를—."

눈이 동그래진 사라가 뒤로 물러났다.

양성 학교 기숙사에서 존경을 모으던 팔마가, 고립되어 있었던 사라에게 머리를 숙이다니, 당시를 아는 사람이 본다면 놀라 자빠질 광경이었다.

—사는 세계가 너무 달랐다.

사라에게 팔마는 까마득한 존재였다. 양성 학교 시절에는 말도 걸지 못했다.

그저 송구스러워하고 있으니, 새로운 인물들이 홀에 들어왔다.

"나님! 옷 갈아입었어요!"

"에르나, 평소보다 쿨해."

옷을 갈아입은 아네트와 에르나였다.

뜻밖의 초이스였다. 두 사람은 도구를 수납하기 위해 평소 치마를 자주 입는데, 보기 드물게도 쇼트 팬츠 차림이었다. 둘 다 하얀 허벅지를 드러내고 있었다. 위쪽은 같은 디자인이지만 색이 다른 셔츠와 멜빵을 입었는데, 에르나가 노란색, 아네트가 분홍색이었다. 유행에 민감한 도시 소녀가 흔히 입는 옷이었다.

"아~ 아주 괜찮다~."

팔마는 즐거워했다.

"이거면 잘 풀리겠어. 역시 『등불』에 부탁하길 잘했어~."

"확실히 귀엽네요."

사라도 미소 지으며 아네트와 에르나의 머리를 쓰다듬었다. 두 사람은 낯간지러운 듯 「냐~」 「응~」 하고 편안해 보이는 표정을 지었다.

그러고 나서 줄곧 궁금했던 점을 물었다.

"어, 저기, 팔마 선배. 참고로 임무 내용이 어떻게 되나요?"

역시 긴장되었다.

팔마 같은 실력자가 굳이 『등불』에 부탁할 만한 임무란 뭘까. 빈드는 그저 밥만 먹으면 된다고 했지만.

"응~? 벌써 듣고 싶어~?"

팔마는 어째선지 얼버무렸다.

사라가 곧장 「가르쳐 주셨으면 합다」라고 말하자, 「미팅이야」라는 대답이 돌아왔다.

"예?"

"지금부터 이렇게 넷이서 미팅에 나갈 거야~."

아네트와 에르나는 단어의 뜻을 모르는지 고개를 갸웃하고 있었다.

사라는 단어의 의미를 알아도 이해할 수 없었다.

요컨대 남녀가 만나는 자리에 간다는 거다. 머릿수를 맞추기 위해 도움을 청한 거라면, 어째서 어리게 생긴 소녀들을 고른 걸까.

팔마는 웃고 있었다.

"지금부터 말이지, 우리는 로리콤 의원님을 접대할 거야~."

그 말을 듣고도 아네트는 여전히 고개를 갸웃하고 있었지만—.

""응응응응응응응응응응응응응응응응응응응응?!""

사라와 에르나는 비명을 질렀다.

◇◇◇

팔마는 설명해 줬다.

—얼마 전에 육군 정보부가 한 소년을 스파이 용의로 구속했다. 어딘가로부터 거액의 지원금을 받고 정치 공작을 벌였기 때문이다. 그중 하나가 항구 도시 아랑크의 시의회 의원인 리도 얀에 대한 지원이었다. 기자를 협박해 스캔들을 덮고, 선거에서 라이벌 후보를 유언비어로 제거했다.

소년에게는 많은 동료가 있는 것 같았다.

하지만 그 정보들을 알아내기 전에, 소년은 신문을 견디지 못하고 쇠약사해 버렸다. 육군 정보부의 실책이었다.

—육군이 구속했던 소년의 정체는 무엇인가?

—타국의 스파이인가? 얀 의원 자신이 관여되어 있는가?

대외정보실은 육군 정보부에 맡겨도 해결되지 않겠다고 판단. 신진기예 스파이팀 『봉황』에 임무를 줬다.

“근데 얀 선생님은 어린 여자아이를 아주 좋아한다는 모양이라~ 같이 술이라도 먹이면 얼마든지 입이 가벼워질 것 같아서~.”

팔마는 밝게 설명해 줬다.

사정은 이해했다.

하지만 소녀들에게 미팅은 한없이 높은 허들이었다.

“절대 무리임다아아아! 미팅이라니 허들이 높습다!”

“에, 에르나…… 잘 모르겠지만 무서운 느낌이 들어! 처음 보는 사람이랑은 잘 얘기 못 해!”

팔마가 안내해 준 레스토랑에서, 사라와 에르나는 떨고 있었다.

룸으로 나뉘어 있는 조용한 레스토랑이었다. 평소에도 접대나 밀담에 쓰이는지 조명이 어둡고 어덜트한 분위기가 감돌았다. 메뉴를 흘낏 보니 가격대가 상당히 높았다. 평소 같으면 소녀들이 절대 오지 않을 가게였다.

남성 측은 아직 도착하지 않은 상태였다.

사라는 긴장한 얼굴로 자리에 앉아 있었다.

일단 에르나와 아네트에게도 미팅이 무엇인지 설명은 했다. 처음 보는 남성과 함께 먹고 마신다는 얘기를 듣고, 낯가림이 심한 에르나는 기절하려고 했다.

아네트는 평소처럼 「나님, 맛있는 밥을 먹을 수 있다면 뭐든 좋아요!」라며 즐거워했다.

팔마는 얀 의원을 부르러 갔다.

에르나가 불안한 듯 사라의 옷을 잡고서 작게 속삭였다.

“(사, 사라 언니, 우, 우리 어떡해……?)”

“(모, 모르겠습다. 이제 도망칠 수도 없고…….)”

연장자로서 든든한 모습을 보여 주고 싶지만, 그럴 여유는 사라에게 없었다.

머리를 굴려서 희망적인 관측을 꺼냈다.

“(하, 하지만 위험한 사람은 아닐지도 모릅다. 일단 의원님이고……정말로 그저 맛있는 밥을 먹을 뿐일지도…….)”

"(마, 맞아! 에르나한테 전혀 말 걸지 않는 상냥한 사람이면 좋겠어!)"

"(네. 로, 로리콤이라고 해서 꼭 위험한 사람이라고 할 수는 없습니다.)"

"(에르나도 믿을래! 무사히 돌아가고 싶어!)"

참고로「로리콤」이 무엇인지도 에르나에게 알려 줬다. 소아 성애자.

두 사람이 전전긍긍하고, 아네트가 메뉴를 노려보고 있으니, 룸의 문이 열렸다. 팔마 옆에 자상해 보이는 남성이 한 명 서 있었다.

"반가워요. 이 도시의 시의회 의원인 리도 얀이에요."

""처, 처음 뵙께습미다……!""

인사를 받은 사라와 에르나는 상기된 목소리로 대답했다.

상상했던 것보다 더 젊어 보이는 청년이었다. 38세 남성이라고 미리 듣긴 했지만, 실제로 보니 20대라고 해도 통할 것 같았다. 몸의 선이 가늘어서 다소 인상이 희미하긴 하나, 웃는 얼굴이 다정하여 호감이 가는 남자였다.

"오늘 이렇게 와 줘서 고마워요. 긴장하지 말고 마음껏 먹어요. 밥값은 내가 전액 계산할 테니까요."

얀은 정면의 자리에 앉아 소녀들에게 머리를 숙였다.

따라 들어오는 사람이 더 없는 것을 보면 남성 참가자는 얀 한 명인 듯했다. 만남을 위한 회식이라기보다, 정말로 그를 위한 접대인 모양이었다.

이어서 얀은 팔마에게 머리를 숙였다.

"팔마 양도, 이런 모임을 기획해 줘서 고마워요. ……딸이 떠오르거든요. 이 친구들 또래의 아이를 보면 마음이 푸근해져서……."

팔마는「천만에요」라고 대답했다.

그녀의 설정은 언젠가 정계에 진출하고자 하는 대학생이라고 했다. 얀 의원의 사무소에서 아르바이트 중이며, 그를 위로하기 위해 이 모임을 기획했다는 형태였다.

자신보다 훨씬 어린 여성에게도 정중하게 머리를 숙이는 것을 보면, 얀은 나쁜 인물 같지 않았다.

"(태, 태도가 부드러워 보이는 사람이네요…….)"

"(으, 응. 맞아.)"

사라와 에르나도 작은 목소리로 의견 교환을 끝냈다.

첫인상은 그럭저럭 괜찮았다.

메뉴를 보던 아네트가 고개를 들었다.

"우리가 당신 딸이랑 닮았어요?"

건방진 발언에 사라는 일순 가슴이 철렁했지만, 얀은 화내지 않았다.

"네, 아주 닮았어요. 특히 금발 친구랑 회분홍 머리 친구가."

얀은 쓸쓸한 눈으로 에르나와 아네트를 보았다.

"8년 전에 아내와 이혼했거든요. 친권을 뺏기고, 사랑하는 외동딸과의 접촉도 금지당했어요. 그 당시 딸이 딱 열두 살이었던지라…… 이따금 어린 여자아이와 얘기하며 고독을 달래고 있답니다. 부끄러운 얘기지만요."

진실을 들은 사라와 에르나는 「음」 하고 반응했다.

의외로 절실한 감정에서 열린 모임이었던 모양이다. 「로리콤」과 「접대」라는 단어 때문에, 편향된 성적 취향을 가진 남자의 욕망을 채우기 위한 모임이라고 지레짐작했다.

—그래, 세상의 모든 로리콤이 위험인물인 것은 아니다.

—처음부터 단정 짓고 냉담한 태도를 보이는 것은 무례한 행위일지도 모른다.

"하하, 자주 오해받아요. 그럴 때마다 주위에 설명하고 있지만, 역시 사회적으로 칭찬받을 행위는 아니라서……."

얼버무리듯 얀이 머리를 긁적였다.

사라와 에르나는 편견을 가지고 있었던 것을 반성했다.

다시금 그의 말을 듣고자 질문을 던졌다.

"왜 이혼하신 건가요……?" "무, 무슨 일이 있었던 거야?"

"성매매를 들켰거든요. 매일 밤 미성년자를 돈으로 샀죠."

''위험한 녀석이었어어어어어어어어어어어어어어어어어!!''

—물론 위험한 로리콤도 허다하게 존재한다.

나중에 알게 되는데, 리도 얀 시의회 의원이 청소년 성매매를 돈으로 무마한 전적은 43회. 국회의원인 부모의 재력으로 정치가가 된— 단도직입적인 위험인물이었다.

그는 기겁하는 소녀들의 반응을 눈치채지 못하고 생글생글 웃으며 팔마를 보았다.

"팔마 양, 이 아이들의 프로필은?"

"정말 좋아하시네요~ 얀 선생님."

"가장 중요한 부분이니까…… 나이는?"

"전원 스무 살이에요."

''무리수야!''

사라와 에르나는 속으로 태클을 걸었다.

에르나와 아네트는 열네 살이지만, 키가 작아서 열두 살 정도로 보이기도 했다. 사라는 두 사람보다 나이가 많아 보이긴 해도, 열다섯 살이라는 제 나이에 맞는 외모였다.

"……."

얀도 이상하다고 생각했는지 굳었다. 의아한 얼굴로 에르나와 아네트를 보며 눈을 깜빡였다.

그러다 이윽고 고개를 끄덕였다.

"……뭐, 그렇다고 해 두는 게 편한가."

''엄청나게 위험한 녀석이야아아아아아아아아아아아아아아아!''

사라와 에르나가 재차 전율했다.

눈앞에 있는 인물은 소녀들이 절대 가까이해선 안 되는 존재였다.

"아네트."

에르나가 즉시 옆에 있는 아네트를 불렀다.

"음?"

"눈앞에 있는 남자는 너를 『작은 여자애』라고 여기고 있어. 무시하고 있어."

이 모임을 파투 낼 생각인 듯했다.

아네트가 자신의 키를 신경 쓴다는 것은 사라와 에르나에게 상식이었다. 그 콤플렉스를 지적당하면, 아네트는 분명 폭주해서 가게를 통째로 폭파해 줄 것이다.

아니나 다를까, 아네트는 욱한 표정으로 얀을 노려보았다.

"당신, 나님을 어떻게 생각하고 있죠?"

"한 명의 여성으로 보고 있어요."

"나님, 이 녀석은 좋은 녀석이라고 생각해요!"

''절대 아니야!''

예상치 못한 대답으로 아네트의 역린을 건드리지 않고 넘어갔다.

얀은 어린 소녀를 다루는 법을 잘 알고 있는 듯했다. 심중은 한층 더 나빠졌지만.

"후후. 얀 선생님, 즐거워 보이시네요~."

옆에 있는 팔마는 제지하려 들지 않았다. 나긋나긋한 표정으로 그저 조용히 지켜보며 인원수대로 음료를 주문했다.

얀의 폭주를 말릴 마음은 없어 보였다.

돌아가고 싶어졌지만, 이미 돌이킬 수 없는 단계까지 와 있었다.

"좋았어! 그럼 오늘은 신나게 즐겨 볼까!"

얀은 확연하게 흥분해 있었다. 술 한 방울 마시지 않았는데 얼굴이 새빨갰다.

"아아, 기분 최고야! 게다가 오늘은 내 동료도 올 거거든."

"동료? 사람이 늘어나는 건가요~?"

"응, 나의 첫 동료야!"

팔마도 몰랐던 사실인지, 의외라는 듯 고개를 갸웃했다.

얀의 동료라는 시점에 희망 따위 가질 수 없었다.

제발 그러지 말라고 기도하는 사라를 무시하고서, 얀은 큰 목소리로 설명하기 시작했다.

"어젯밤 술집에서 의기투합했지. 이 친구도 아주 골수야! 내 센서가 틀림없다고 반응했어! 대단한 친구야. 갈 곳 없는 여덟 소녀를 저택으로 불러서 동거하는, 분명 그런 수준의 남자일 거야. 감이지만."

그때, 누군가가 룸 앞에 온 발소리가 들렸다.

「오오, 왔다, 왔어」라며 고개를 끄덕인 얀은 즐겁게 문을 열었다.

"소개하지. 내 동료— 클라우스 군이야!"

낯익은 장신 장발의 남자가 서 있었다.

""""""…………."""""

여성진은 입을 떡 벌리고 침묵했다.

클라우스는 「여, 얀 군」 하고 가벼운 어조로 인사했고, 얀은 「수고 많아, 클라 군」 하고 대답하며 옆에 앉으라고 했다. 어젯밤 알게 된 사이라고 했는데 상당히 친해졌는지, 즐겁게 서로의 어깨를 두드렸다.

소녀들은 아연해했다.

—『등불』의 보스가, 로리콤 동료로서 미팅에 와 있었다.

이윽고 인원수대로 음료가 나왔다. 두 남성은 맥주, 팔마는 카시

스 오렌지, 세 소녀는 포도 주스였다.

"거, 건배하죠."

"찬성이야……."

사라와 에르나는 서로를 보며 고개를 끄덕이고서 얀의 잔에 맥주를 따랐다.

""……얀 선생님, 여기요.""

그는 두 소녀가 내민 잔을 기쁘게 바라보더니 건배하고 호쾌하게 마셨다.

이리하여 사라와 에르나의 인생 첫 미팅이 시작됐다.

미팅이 시작되자마자— 두 사람은 남성의 잔에 독을 넣었다.

◇◇◇

개시 5분. 얀, 일시 퇴장.

독 전문가 릴리가 조합해 준 설사약을 먹은 얀은 곧장 안색이 나빠져서 화장실에 갔다. 돌아오려면 15분은 걸릴 것이다. 평소에 독을 쓰지 않는 사라와 에르나도 어두운 실내에서 일반인을 속이는 것 정도는 가능했다.

남성이 클라우스만 남게 되자 아네트가 물었다.

"클라우스 형님도 로리콤이에요?"

"지독한 오해를 하고 있군."

클라우스가 얼굴을 찡그렸다.

그는 잔에 담긴 맥주를 한 모금 마셨다.

“나도 『봉황』과는 별개의 임무로 어떤 범죄 조직을 쫓고 있었어. 그 조직의 말단 여성이 오늘 이 가게에 온다길래, 얀 의원과 친해져서 잠복하기로 했을 뿐이야.”

“나님, 재미있는 걸 보게 됐다고 생각했어요!”

“재미있어하지 마. 그 남자에게 얘기를 맞추는 건 불쾌한 점도 많았어.”

클라우스가 눈썹을 찌푸렸다.

아네트는 서빙된 전채를 바로 먹기 시작하며 깔깔 웃었다.

한편 사라는 가슴을 쓸어내리고 있었다.

“그, 그렇죠. 보스가 미팅에 참가할 리 없죠…….”

다망한 클라우스가 불장난을 즐길 리 없음을 알면서도 무심코 당황하고 말았다. 그 마음의 움직임을 어떻게 표현하면 좋을지 모르겠지만.

후우, 하고 크게 한숨을 쉬었다.

“…….”

시선이 느껴져서 옆을 보니, 팔마가 의외라는 듯 사라를 보고 있었다.

아아, 하고 그녀의 입이 움직였다.

“……흐응, 그런 건가~ 좋네~ 풋풋하네~ 귀엽네~.”

어째선지 히죽히죽 웃으며, 눈부신 것을 보듯이 사라를 보았다.

한편 클라우스는 담담히 설명을 이어 갔다.

"그 남자는 내가 감시하지. 절대 손대지 못하게 할 거야. 너희는 편하게 먹고 마시면 돼."

참으로 든든한 말이었다.

에르나가 기뻐하며 「그렇다면 안심이야」 하고 웃었고, 아네트는 「나님, 마구 주문할래요!」라며 점원을 부르더니 비싸 보이는 요리를 닥치는 대로 시켰다.

흡사 평상시 『등불』의 식사 풍경 같았다.

갑자기 분위기가 화목해져서 사라도 온화하게 웃을 수 있었다.

"기쁘다. 그럼 이대로 즐거운 식사를—."

"어? 잊어버렸어요~? 이거 미팅이에요~."

눈을 동그랗게 뜬 팔마가 끼어들어 주장했다.

""""음……?""""

사라와 에르나뿐만 아니라 클라우스도 의문스러워했다.

안 좋은 예감이 들었다.

하지만 사라가 뭐라고 말하기 전에 문이 열리더니, 얀이 활짝 웃으며 돌아왔다. 벌써 몸 상태가 좋아졌는지 「이야~ 미안」이라고 말하고서 원래 자리에 다시 앉았다. 예상했던 시간의 절반 만에 복귀. 비정상적인 회복력이었다.

"괜찮으세요~? 얀 선생님."

팔마는 그를 걱정하는 척하며 가방에서 작은 상자를 꺼냈다.

"여흥으로 제비뽑기를 준비했어요. 1번을 뽑은 사람이 2번을 뽑은 사람에게 요리를 먹여 주는 건 어떨까요~?"

"오오! 그거 재밌겠는데! 역시 팔마 양이야!"

얀은 환호성을 지르며 찬사의 박수를 보냈다.

반면 사라와 에르나는 「이 녀석, 진심인가……!」 하고 비난의 시선을 보냈다.

팔마는 철저히 미팅을 수행할 셈인 듯했다.

그녀는 상자 속에 인원수대로 제비를 넣더니, 얀부터 차례대로 돌아가며 뽑게 했다. 얀, 사라, 에르나, 아네트에게 상자가 돌아가고, 팔마는 재차 상자를 흔들고서 클라우스에게 내밀었다.

"자~ 클라우스 씨도~."

"……."

클라우스는 노골적으로 싫어하는 표정을 지었다.

"……방금 뭔가 조작하지 않았나?"

"기분 탓이에요~."

"상자 안에 한 장밖에 없는 것 같은데. 네가 뽑을 제비는 어디 있지?"

"음~? 어쨌든 이 모임에 참가하셨으니 당연히 뽑으실 거죠~? 설마 이제 와 도망쳐서 흥을 깨지는 않으실 거죠~?"

"……."

클라우스는 침묵하다가 체념한 듯 제비를 뽑았다.

내키지 않는 것 같았지만, 스파이로서의 사명을 끝까지 완수하려는 듯했다.

마지막으로 팔마가 제비를 뽑고 (사라의 각도에서는 소매에서 꺼낸 것처럼 보였지만) 모두가 종이를 펼쳤다.

클라우스가 「1」, 사라가 「2」였다.

팔마가 즐거워하며 일어났다.

"네~ 그럼 클라우스 씨가 사라에게 샐러드를 먹여 주세요~."

"예에에에에에에?!"

사라는 순간적으로 얼굴이 뜨거워지는 것을 느끼며 괴상한 목소리를 냈다.

얀은 「오, 부러워라!」 하고 아쉬워하며 클라우스의 어깨를 두드렸다. 에르나와 아네트는 주먹을 움켜쥐고서 「사라 언니」 「나님, 응원하고 있어요!」라며 성원을 보냈다.

클라우스는 못마땅한 눈으로 팔마를 노려보았지만, 이윽고 체념한 듯 포크를 들더니, 테이블에 막 서빙된 카르파초 샐러드를 찍었다.

그렇게 양상추 여러 장을 찍어 올린 클라우스는—.

"아~ 해."

—하고 사라를 향해 포크를 내밀었다.

"~~!!"

심장이 쿵쿵 뛰었다. 지금 자신의 얼굴이 얼마나 빨개졌을지, 상상만 해도 부끄러움이 커졌다.

아네트와 에르나가 응원하는 시선을 보냈다. 사라도 각오를 다지고서 눈을 질끈 감고 입을 벌렸다.

클라우스는 정중하게 양상추를 사라의 입에 넣어 줬다.

포크가 멀어진 순간, 사라는 포도 주스를 단숨에 들이켰다. 몸이 너무 뜨거웠다.

"아~ 풋풋하네~."

팔마는 즐겁게 웃고 있었다.

"그럼 다음 게임은 빨대로 간접 키스 어떨까요~."

"너 성격이 아주 대단하군."

클라우스가 어이없다는 눈으로 팔마를 보았다.

◇◇◇

그 후 몇 가지 여흥이 더 이어졌는데, 다행히 소녀들이 정말로 불쾌해할 일이 벌어지지는 않았다. 팔마가 얀에게 요리를 먹여 주거나, 아네트와 에르나가 서로 빵을 먹여 주는 등, 무난한 모임이 이어졌다.

결과적으로 아네트는 내내 즐겁게 웃으며 「나님은 좀 더 고기를 먹고 싶어요!」라면서 서빙된 요리를 닥치는 대로 먹어 치웠다. 에르나도 전에 없이 식욕이 왕성한 아네트를 따라 요리를 먹으며 「아주 맛있어!」라고 감탄했다.

이따금 얀이 제비뽑기 결과에 불만스러워했지만, 팔마가 잘 달래서 적당히 감질나는 수준으로 만들었다.

다만 어째선지 두 번에 한 번이라는 높은 빈도로 사라와 클라우스의 접촉이 생겼다. 클라우스를 끌어안거나 무릎을 베고 눕는 등, 다양한 지령이 계속해서 떨어졌다.

'아, 아마 뭔가를 꿰뚫어 본 것 같습다!'

그럴 때마다 팔마가 씩 웃으며 의미심장한 시선을 보냈다. 클라우스와 접촉할 때마다 얼굴이 새빨개지는 사라를 보며 재미있어했다. 명백하게 가지고 놀고 있었다.

하지만, 하고 사라는 생각했다.

'그게 이 사람의 대단한 점이니까요.'

팔마의 힘은 몇 번 본 적이 있다. 양성 학교에서는 그 힘을 유감없이 발휘했었다.

인간은 사소한 일로 감정이 움직이는 동물이다. 눈앞의 인물이 주먹을 치켜들면 직감적으로 불안을 느끼고, 손바닥을 보여 주면 우호적으로 느낀다. 잔을 놓는 위치를 바꾸는 것만으로도 마주 앉은 사람의 기분을 좋게도 안 좋게도 만들 수 있다.

—팔마는 사람의 감정을 조종하는 쪽에 특화되어 있었다.

자신의 일거수일투족으로 공간의 분위기를 지배하는 멘탈리스트였다.

"으음~ 당첨 제비가 좀처럼 안 뽑히네."

건배하고 한 시간이 지났을 즈음, 좋은 제비를 뽑지 못한 얀은 불만이 커진 것 같았다. 곤란하다는 눈으로 팔마를 보았다.

"이 자리는 일단 마무리하고 장소를 옮기지 않을래? 미리 호텔을 예약해 뒀어. 클라 군은 여기서 헤어지고—."

"아, 이제 됐어요."

팔마는 다가온 손을 매섭게 뿌리쳤다.

"코드 네임 『우금』— 썩어 타락하는 시간을 가지자~."

룸의 문이 열렸다.

눈가가 빨갛게 부은 장발의 소녀가 문 너머에 서 있었다. 뭔가를 참듯 입을 앙다물고서 강렬한 눈으로 얀을 응시하고 있었다.

"어……?"

얀은 상황을 이해할 수 없는지 멍한 모습이었다.

그건 사라도 마찬가지였다. 하지만 클라우스는 바로 헤아렸는지 고개를 끄덕였다.

"역시나."

클라우스가 팔마를 보았다.

"내가 쫓던 여성인가. 임무가 겹친 모양이야."

"그렇게 된 거죠~."

팔마는 의기양양한 얼굴로 질문에 대답했다.

여전히 얀은 난처한 모습으로, 팔마와 갑자기 나타난 소녀를 번갈아 보고 있었다. 돌연 찬물을 뒤집어쓴 것처럼 당혹스러워했다.

"어? 이 아이는 뭐야……?"

"몰라보다니 가엾잖아요."

팔마는 쌀쌀맞은 눈으로 고했다.

"당신이 버린 딸이에요."

"—맞아, 아빠."

문 앞에 선 소녀가 슬프게 말했다.

얀의 외동딸— 확실히 한 번 얘기가 나오긴 했었다. 8년 전에 이혼하면서 헤어진 딸. 당시 열두 살이었으니 지금은 스무 살인가. 「버렸다」라는 팔마의 표현은 얀의 진술과 다르지만, 아마 전자가 옳을 것이다.

클라우스가 해설했다.

"카차 유디. **어떤 성가신 범죄 조직**의 말단이야. 다른 스파이와의 접촉, 서류 위조, 총기나 금전 운반을 맡고 있었어. 무늬만 조직원일 뿐, 쓰고 버리는 말이지."

"왜 그런 일을……?"

얀이 의아해하는 표정을 지었다.

남의 일을 대하는 것 같은 태도였다.

"당신을 돕기 위해서요."

팔마가 엄격히 고했다.

"이상하다고 생각하지 않았나요? 스캔들이 무마되고, 대항마가 실각하는 등— 좋은 일이 여럿 있었겠죠."

"아……."

"전부 따님 덕분이에요. 당신을 위한 일이라는 꼬드김에 넘어가서 온갖 범죄를 도왔어요. 아주 헌신적이죠."

강렬하게 울리는 목소리였다.

"핑계였어도 당신이 딸을 사랑한다고 말하고 다녔으니까……!"

얀의 딸— 카차를 본 사라는 그 광신적인 사랑에 가슴이 괴로워졌다.

얀이 어린 소녀와 접할 때 쓰던 핑계.

—사랑하는 딸이 떠올라서.

그걸 주위 사람들에게도 알리고 있다고 얀 본인도 말했었다. 정말로 그렇게 계속 지껄였을 것이다. 그것이 친딸인 카차의 귀에도 들어갔다. 그래서 그녀는 아버지의 사랑에 보답했다. 접촉 금지라는 규칙을, 이행 의무가 없는 딸도 지키며 아버지를 지원했다.

팔마는 유감스럽다는 듯 고개를 가로저었다.

"카차 씨, 이제 알았죠? 당신의 아버지는 딸을 사랑하지 않아요. 그걸 핑계 삼아 미성숙한 소녀를 건드리고 싶을 뿐이죠. 그냥 쓰레기예요."

팔마는 카차를 안아 주듯 어깨에 손을 올렸다.

"아무리 이바지해도, 아빠는 당신을 사랑하지 않아요."

카차의 손에는 도청기가 들려 있었다.

이 미팅에서 나눈 대화를 전부 들은 듯했다. 그게 이 미팅의 목적이었다.

—『농락』.

그것이 바로 『우금』이라는 이름을 가진 팔마의 특기 중 하나였다. 어떤 인물이든 그녀 앞에서는 마음을 열고, 숨겨 뒀던 감정을 드러낸다.

카차는 바닥에 털썩 무릎 꿇고서 눈물을 흘리기 시작했다. 팔마는 카차를 보듬듯 등을 쓸어 줬다. 이후에 카차는 자신이 저지른 잘못을 전부 실토할 것이다. 위로해 주는 팔마에게 매달리는 심정으로.

얀은 일련의 대화를 멋쩍게 듣고 있었다.

"뭔가, 미안. 날 위해서."

8년 만의 재회인데, 얀은 남의 일처럼 말했다.

묘한 얘기에 휘말려 있었네, 하고 쓰게 웃으며 머리를 긁적였다. 얀에게 카차는 이미 연을 끊은 남의 집 딸이었다.

"으음, 카차? 감옥에서 확실하게 조사에 응하도록 해. 범죄 조직을 원조하다니 엄청난 짓이야. 그럼 안 되지."

"태평하군. 너도 곧 파멸할 텐데."

뻔뻔한 말에 대답한 사람은 클라우스였다.

"어?"

"너는 부모의 위광과 딸의 헌신 덕분에 지금껏 정치가로 있을 수 있었던 거야. 딸이 너를 버린 이상, 너의 죄상은 얼마든지 나오겠지."

"……!"

"네가 직접 범죄 조직에 관여하지는 않은 모양이지만. 내가 생각하기엔 그 이상으로 불쾌한 인물이야. 동정의 여지는 없어."

클라우스의 말에 얀이 주춤했다. 자신을 기다리고 있을 파멸이 상상이 됐을 것이다.

도움을 청하듯 팔마와 카차를 보았지만, 그를 도와주는 사람은 당연히 없었다. 룸에 있는 사람은 모두 그에게 냉담한 시선을 보내고 있었다.

"으……."

얀은 고개를 숙이더니 현실을 외면하듯 양손으로 얼굴을 덮었다. 미세하게 머리를 가로젓고 있었다.

"――!"

그러다 무슨 생각을 했는지 테이블 나이프를 집어 들었다. 세게 움켜쥐고서 식탁에 발을 올리고, 방관 중인 아네트와 에르나를 향해 팔을 뻗었다.

인질을 잡으려는 것인지, 단순히 난동을 피우려는 것인지.

판명되지 않았다. 사라의 움직임이 더 빨랐기 때문이다.

"코드 네임 『초원』― 뛰어다닐 시간임다!"

가방 속에 숨겨 뒀던 강아지가 튀어나와 얀의 오른팔을 물었다. 얀은 「크악」 하고 비통하게 외치고서 그대로 나자빠져 엉덩방아를 찧었다.

"에르나 선배와 아네트 선배는 못 건드림다."

사라는 두 소녀를 지키듯 서서 얀을 노려보았다.

그와 직접적인 관계는 없다. 하지만 주위 사람을 상처 입히는 그가 괘씸했다.

"사과해 주세요. 지금까지 당신이 상처 입힌 사람들에게!"

사라는 그렇게 호통쳤다.

◇◇◇

한바탕 소동은 있었지만, 임무는 무사히 종료됐다.

기절시킨 얀을 방치하고서 가게를 나왔다.

도중에 팔마와 클라우스는 속닥속닥 대화했다.

"예의 그 소년의 교유 관계를 조사했더니 카차 씨에게 이르렀어요. 카차 씨는 역시……." "그래, **녀석들**의 눈에 든 거지. 다루기 쉬운 체스말이었을 거야." "……용서할 수 없네요." "언젠가 저 의원도 수족으로 삼을 셈이었겠지. 이 마을에서 활동하기 위해. 내가 얻은 정보를 넘기겠어. 이건 『봉황』이 맡는 임무가 될 거야." "네, 빈드에게 전할게요."

자세히는 모르겠지만, 바짝 긴장되는 진지한 분위기였다. 『봉황』의 임무는 좀 더 이어지는 것 같았다. 평소보다 낮은 팔마의 목소리가 그걸 말해 주고 있었다.

하지만 그건 이제 사라의 영역이 아니었다.

가게 밖으로 나오자 팔마는 찡긋 웃었다.

"고마워~ 큰 도움이 됐어~ 그럼 내일 또 보자~."

웃는 얼굴로 손을 흔들며 말했다.

내일도 아지랑이 팰리스에 오는 거군요, 하고 쓴웃음을 지으며 사라는 팔마와 헤어졌다.

클라우스도 일이 하나 더 남아 있는 모양이라, 아지랑이 팰리스에는 소녀 셋이서 돌아가게 되었다. 기분 좋은 성취감을 느끼며 귀갓길에 올랐다.

"처음에는 깜짝 놀랐지만."

마침내 긴장을 풀게 됐는지 에르나가 웃었다.

"팔마 언니, 멋있는 사람이었어. 역시 『봉황』이야."

"맞습다."

팔마 덕분에 소녀들은 전혀 위험을 느끼지 않았다. 팔마는 항시 얀의 마음을 조종하여 접근조차 시키지 않았다. 마지막에는 일순간담이 서늘해지는 장면도 있었지만, 만약 사라가 움직이지 않았다면 팔마가 얀을 붙잡았을 것이다.

팔마는 그 룸 전체를 지배하고 있었다.

—팔마와 함께 임무를 수행할 수 있었던 것은 아주 좋은 경험이었을지도 모른다.

나중에 다시 감사 인사를 하자고 생각하며, 사라는 앞서가는 소녀에게 말을 걸었다.

"아네트 선배는 어땠나요? 첫 미팅."

아네트는 「음」 하고 말하며 뒤돌았다. 닭 뼈가 입 밖으로 삐져나와 있었다. 아직 다 먹지 못했던 모양이다.

"나님, 아무튼 요리가 맛있었다고 생각해요!"

"오늘 아네트 선배는 먹기만 했었죠."

얀에게 거의 관심도 없었고, 하염없이 고기를 입에 넣었었다.

아네트는 기름이 묻어 번들거리는 입으로 웃었다.

"사라 누님도 좀 더 먹었으면 좋았을 텐데요."

"기, 긴장해서 그럴 겨를이 없었습다."

"나님, 아깝다고 생각해요! 아주 맛있었어요."

아네트가 기쁘게 말했다.

그러자 옆에 있던 에르나가 「그러고 보니」라고 중얼거렸다.

"깜짝 놀랄 만큼 섬세한 맛이었어. 초고급 음식점이었어."

"네……?"

"에르나한테는 아네트가 줄곧 품에 끼고 있던 메뉴판이 보였어. 평소에 에르나가 가는 가게와는 가격의 자릿수가 달랐어."

"어, 화, 확실히 비싸 보이는 가게였죠……."

고급 음식점인 것은 눈치채고 있었다. 에르나가 말한 대로 메뉴도 고가였고, 인테리어도 상당히 호화로웠었다.

얀의 환심을 사기 위해 팔마가 좋은 가게를 예약했던 걸까. 값은 그의 사비로 치르는 흐름이었던 것 같지만.

"나님, 진짜 아깝다고 생각해요."

아네트는 놀리듯이 수상쩍게 웃었다.

"모처럼 팔마 누님이 사라 누님을 접대해 줬는데."

◇◇◇

이튿날, 팔마는 예고한 대로 아지랑이 팰리스에 왔다.

이른 아침, 아지랑이 팰리스의 주방에 쳐들어와 「『봉황』 사용 금지!」라는 벽보를 무시하고 냉장고에서 과일 주스를 꺼냈다. 그 병의 라벨에는 「릴리의 음료!」라는 글자가 큼지막하게 적혀 있었지만, 팔마는 「으응~?」 하고 잠시 망설인 후 라벨을 벗기고서 꿀꺽꿀꺽 소리를 내며 마시기 시작했다.

사라는 주방 앞쪽에서 그 모습을 관찰하다가 말을 걸 타이밍을 놓쳤다.

멍하니 보고 있으려니 팔마와 눈이 마주쳤다.

"아~ 사라. 어제 고마웠어~."

팔마는 방금 막 훔쳐 마신 과일 주스를 흔들며 웃었다.

이것저것 지적할 부분은 있지만, 지금은 묻고 싶은 게 있었다.

"어째서……?"

"응?"

"어째서 제가 멤버로 뽑힌 겁니까?"

다시금 돌이켜 보니, 사라는 그 임무에 필요 없었다. 열두 살로 보이는 아네트와 에르나만 있으면 됐다. 실제로 얀은 그 두 사람에게 큰 관심을 보였다. 그의 딸인 카차도, 아빠가 열두 살로 보이는 두 사람을 건드리려 한 것을 증오했었다.

즉, 사라는 있든 없든 상관없었다.

실제로 팔마는 사라에게 입힐 옷을 특별히 준비하지 않았었다.

"……아아, 눈치채 버렸어~?"

팔마는 겸연쩍은 듯 고개를 살짝 기울였다.

"응, 사라는 덤. 임무와는 직접 관련 없었어."

"어째서?"

"기억하거든~ 양성 학교에 다닐 적에 모래사장 구석에서 네가 울었던 거."

사라가 신음했다.

그 사실은 임무 전에도 들었다.

힘들었던 당시의 기억이 떠올라서 가슴이 괴로워졌다. 온갖 기능이 형편없어서 교관에게 계속 혼나고 흐느껴 울던 나날이었다.

팔마가 쓸쓸하게 눈을 내리떴다.

"아무것도 해 주지 못해서 미안해."

"……!"

사라의 눈이 휘둥그레졌다.

팔마는 미안하다는 듯 시선을 내리고 있었다.

"그래서 어제는 맛있는 음식을 먹이고 싶었어~. 하지만 긴장하게 했네. 역효과였으려나~."

"왜, 저 같은 사람한테……."

"응~? 오히려 사라는 원망 안 해~? 팔마는 울던 너를 봤으면서 몇 번이나 무시했어. 봤으니까 『자주 울었다』라는 걸 알지~."

원망할 리가 없었다.

가혹한 훈련이 이어졌던 그 양성 학교에서는 다른 사람을 배려하는 것이 더 이상한 일이었다.

"그런, 저 따위에게……."

"그렇게 비하하지 마."

팔마가 앞으로 성큼 다가왔다.

멍하니 움직이지 못하는 사라의 어깨에 손을 올리더니, 그대로 등에 팔을 둘러 사라를 다정하게 끌어안았다.

"축하해. 네가 어엿한 스파이가 된 것, 훌륭하다고 생각해."

"——!"

엘리트에게 포옹받고 체온이 서서히 전달되었다.

이윽고 팔마는 몸을 떼고서 작게 혀를 내밀었다.

"에헤헤, 이 말을 해 주고 싶었어~ 줄곧."

그 직후, 주방의 입구 쪽에서 절규가 들려왔다.

돌아보니 릴리가 아연실색하여 「제가 마시려고 했던 주스가아아아아!」라고 외치고 있었다.

얼굴이 시뻘게진 릴리는 근처에 있던 빗자루를 움켜쥐었다.

"더는 용서 못 해요! 『봉황』 고 홈!! 오늘만큼은 릴리가 처벌하여 하극상을 이루어 내겠어요!"

릴리가 빗자루를 붕붕 휘두르기 시작했다. 역시 음식으로 생긴 원한은 깊은 듯했다.

팔마는 「아~ 위험할지도~」 하고 웃으며 달아났다. 주방 창문을 통해 밖으로 나가려고 했다.

"팔마 선배!"

사라는 그 등에 대고 황급히 말했다.

"저, 저도 선배와 함께 임무를 수행할 수 있어서 기뻤습니다!"

팔마는 하얀 이를 보이며 고개를 끄덕였다.

"서로 같은 마음이네~ 우리."

◇◇◇

2년 전—.

딘 공화국 각처에 있는 스파이 양성 학교 중 하나인 그 시설은 절해의 외딴섬에 지어져 있었다. 외딴섬이라는 공간은 중화기 훈련을 하기 쉽다. 하지만 탈주할 수 없는 폐쇄적인 환경은 많은 수습 스파이에게 밤낮으로 심한 스트레스를 줬다.

그중에서 당시 『투영』이라는 이름을 쓰던 팔마는 뛰어난 성적을 자랑했다. 그녀의 오빠인 『성수』 또한 우수한 스파이였는데, 그 재능을 팔마도 똑같이 가지고 있었다. 교내 시험에서는 항상 1등이었다.

그런 팔마 덕을 보기 위해 그녀의 주위에는 많은 사람이 있었다.

"팔마 씨, 오늘 사격 훈련도 대단했어요!"

"졸업 시험도 치를 수 있을 거예요!"

팔마는 다섯 명쯤 되는 소녀들에게 둘러싸여서 쓴웃음을 지었다.

"음~ 좀 더 양성 학교에서 느긋하게 있고 싶어~."

참고로, 너무 눈에 띄게 행동해서 귀찮은 일을 경험한 팔마는 졸업 시험에서 적당히 힘을 빼 「5등」이라는 어중간한 성적을 얻는다. 전력을 다했다면 2등이나 3등도 노릴 수 있었다. 시험을 치르는 중에 마음에 안 드는 인간을 만나서, 성적보다도 참가자 제거를 우선했다.

팔마는 졸졸 쫓아다니는 추종자들에게 넌더리를 내며 섬을 걸었다.

훈련소에서 기숙사로 돌아가려던 그녀는 어떤 소리를 들었다.

"응……? 울음소리가 들려."

추종자 한 명이 「네?」 하고 의아해하며 반문했다.

팔마는 길을 벗어나 바다 쪽으로 갔다. 너무나도 슬픈 목소리라 가슴이 죄어들었다.

모래사장에 도착하니 울음소리의 발생원이 보였다.

갈색 머리 소녀였다. 파도가 치는 곳에서 커다란 매를 끌어안은 채 등을 떨고 있었다. 그녀의 품에 안긴 매가 이따금 위로하듯 팔에 머리를 비볐다.

"……아아, 저 아이구나."

추종자 한 명이 말했다.

『초원』이라는 이름의 신입생인 것 같았다. 오늘 아침 있었던 수업에서 목표 시간 내에 권총을 분해하고 조립하지 못하여 교관에게 혼났다고 했다.

"팔마 씨, 말 걸까요?"

"……."

그 제안에 팔마는 바로 대답하지 못했다.

가만히 바라보며, 갈색 머리 소녀를 눈에 새겼다.

"안 걸래~."

팔마는 몸을 돌려 왔던 길을 되돌아갔다.

"……스파이가 적성에 안 맞는 아이는 후딱 자퇴하는 게 나아~ 만에 하나 스파이가 되면 제일 먼저 죽어 버릴 테니까~."

누구나 아는 사실이다. 세계는 아픔으로 가득하다.

사람에게는 적성이 있다. 재능 없는 사람을 격려하면 자신의 죄책감을 덜 수는 있겠지만, 그게 꼭 그 사람을 위한 일이 되지는 않는다.

추종자 소녀들은 쓸쓸하게 눈을 내리깔았다.

『초원』을 동정하고 있을 것이다. 팔마가 보기에는 그녀들도 재능이 없었다.

"하지만."

팔마는 다정하게 미소 지었다.

"만약 누군가가 저 아이의 재능을 발견해서 저 아이가 스파이 세계에 당당히 들어오게 된다면, 그때는 축하한다고 말해 주고 싶어~ 맛있는 음식을 잔뜩 먹이고, 듬뿍 환영해 주고 싶어~."

자신이 말했지만 그건 멋진 미래라는 생각이 들었다.

양성 학교에서 좌절했다고 재능이 없는 것은 아니다. 그녀의 재능을 발견하여 빛을 보게 하는 사람이 나타날지도 모른다.

황당무계한 상상일지도 모르지만, 그렇게 바라는 것 정도는 괜찮으리라.

"하지만 팔마 씨는 낭비벽이 있잖아요."

추종자 한 명이 다시 웃으며 놀렸다.

"저금할 수 있겠어요? 맛있는 음식을 먹으려면 돈이 들어요."

제법 예리한 지적이었지만, 팔마는 「괜찮아~」라고 대답했다. 자신에게 돈이 없어도 수단은 얼마든지 있다.

팔마는 꿋꿋하게 미소 지었다.

"그때는 말이지~ 다른 누군가가 돈을 내게 할 거니까~."

그녀의 그 말은 예언처럼 2년 후에 이루어지게 된다.

추상① 『봉황』의 생태

주스를 뺏긴 릴리는 20분쯤 팔마를 쫓았으나, 결국 붙잡지 못하고 힘이 다했다. 팔마의 움직임을 보다가 어째선지 자연스럽게 경계해야 한다는 생각이 들어서 멈칫하고, 직후에 함정이 작동하길 다섯 번. 역량 차이는 확연했다.

쓰러져 있으니 사라가 「대신 마실 걸 사 왔습다」라면서 상냥하게 주스를 내밀었기에 용서하기로 했다.

이 트러블을 일으킨 당사자인 팔마는 태평하게 「고마워~」라며 감격했고, 그대로 다 같이 홀에서 음료를 마시게 되었다.

"요즘 진짜 빈번히 오는데."

릴리는 메마른 목에 주스를 부어 넣으며 물었다.

"애당초 『봉황』은 평소에 어디서 지내요?"

"음~ 리디츠 쪽이려나~."

팔마는 느긋한 목소리로 대답했다.

리디츠는 딘 공화국의 수도다. 항구 도시 아랑크에서 자동차로 한두 시간쯤 걸렸다. 딘 공화국의 방첩 임무 대부분은 이 두 도시에서 이루어졌다.

"처음 결성됐을 때는 다들 각자 집을 빌렸었는데~ 지방이나 국외 임무뿐이라 안 쓸 때도 많아서, 지금은 원룸 두 개를 공유해서 쓰고 있어~."

"호오."

"그래서 이런 호화 저택에서 편히 지낼 수 있는 건 좋아~."

팔마는 신발을 벗고 소파 위에 벌러덩 누웠다. 「또 살찌겠어~」라고 작게 중얼거렸지만, 딱히 움직이려고 하지는 않았다. 일하지 않을 때는 철저히 풀어지는 것 같았다.

사라가 눈을 크게 뜨고서 「괴, 굉장하네요…… 남녀 여섯 명이 원룸 두 개를 쓰는 건가요」라고 말했다.

"응. 그리고 하나는 거의 창고 상태야~ 실질적으로 한집에서 지내고 있어~."

"여섯 명이 한집에? 어? 그러면 상당히 비좁을 것 같은데…… 불만스러워하는 사람은 없나요?"

"응, 물론이지~ 우리는 사이가 좋으니까—."

"나는 매우 불만인데?!"

갑자기 후방에서 끼어든 목소리가 크게 울렸다.

모두가 시선을 돌리니, 안경을 쓴 포니테일 소녀—『고익』 큐르가 씩씩거리며 서 있었다. 큐르는 성큼성큼 팔마에게 다가왔다.

"뭔가 설명이 한쪽으로 치우쳤잖아! 다들 멋대로 내 집을 아지트로 쓰고 있을 뿐이잖아! 어? 다들 이미 자기 집 해약한 거야?! 처음 들었는데?!"

"그치만~ 그런 흐름이 됐잖아."

"만취한 너희가 멋대로 호텔처럼 쓰기 시작한 거잖아!"

갑자기 말다툼을 벌이는 두 사람을 보고 사라는 고개를 갸웃했다. 조심조심 손을 들고 끼어들었다.

"어? 큐르 선배의 집에서 다들 지내고 있는 건가요?"

"……맞아. 뭐, 빅스 군은 헌팅한 여성의 집에 얹혀 지낼 때가 많고, 크노 군은 거의 안 오지만."

큐르는 깊은 한숨을 쉬고서 고개를 가로저었다.

"……진짜 엉망진창이야. 『집이 넓으니까』, 『회의하기 편하니까』 등등 멋대로 이유를 만들더니, 집에 트럼프 카드라든가 체스판 같은 것도 가져와서 어느새 눌러앉았어……. 빈드는 멋대로 낮잠 자고, 냉장고에 있는 음식이랑 술도 멋대로 축내고……."

"팔마는~ 다 같이 모여서 아침까지 내기 트럼프하는 거 좋아해~."

"멤버 전원이 날 속인 적도 있지만 말이지!"

관자놀이 부근을 실룩이며 큐르가 호통쳤다.

울분이 어지간히 많이 쌓인 듯했다. 정작 꾸중을 듣고 있는 팔마는 천연덕스러운 얼굴로 「이 주스도 맛있어~」라며 웃고 있지만.

큐르는 머리를 부여잡으며 말했다.

"뭐, 따지자면 아디 씨가 지갑을 잃어버려서 집에 못 돌아간다며 왔던 게 시초지만."

"아디 씨?"

사라가 고개를 갸웃했다.

"……음, 응. 『봉황』의 보스였던 사람."

사라는 「아아」 하고 흘리듯 말했다.

『봉황』이 처음 결성됐을 때는 경험 풍부한 보스와 양성 학교의 엘리트 여섯 명이라는 구성이었다고 들었다. 룽청에서 임무 중에 사망한 보스의 이름이 아디인 모양이다.

"음, 뭐랄까."

릴리가 팔짱을 끼고서 이야기를 정리했다.

"못난 대학생 집단 같네요, 『봉황』은."

"고등학교의 방과 후 클럽 같은 『등불』보다는 낫지~."

팔마가 되받아쳤다.

2장 case 란

다락방에서 한 소녀가 떨고 있었다.

"하오."

연지색 머리를 뒤로 묶고 눈이 야무진 소녀.

『뜬구름』 란. 『봉황』의 일원이었다. 최근에는 그녀도 클라우스와의 훈련을 위해 아지랑이 팰리스에 빈번히 드나들고 있었다.

하지만 큰 문제가 발생했다.

아지랑이 팰리스에 올 때마다— 회분홍 머리 악마가 란을 죽이려 들었다.

"……그 녀석, 머리의 나사가 여러 개 날아가 있소. 왜 『등불』은 그런 크리처를 풀어 두는 것이오?"

악마의 이름은 『망아』 아네트. 다채로운 발명품을 만드는 그녀는 개조한 전기톱이나 폭탄을 들고서 란을 쫓아다녔다.

계기는 예전에 룽청에서 란이 아네트를 『꼬마』라며 업신여긴 것이었다.

그게 아네트의 역린을 건드린 듯했다. 격노한 아네트는 란을 가차 없이 죽이려 들었다. 다른 동료가 설득해서 일단 화를 풀었지만, 만날 때마다 「나님, 너를 발명품의 실험체로 삼을래요!」라며 흉기를 휘둘렀다.

그리하여 오늘도 도망쳐서 아지랑이 팰리스의 다락방에 숨어 있었다.

란은 크게 한숨을 쉬었다.

"요즘은 다른 『등불』 멤버도 감싸 주질 않고……."

처음 교류가 시작됐을 때는 다른 소녀들에게 말려 달라고 부탁했었다. 소녀들도 떨떠름한 모습이긴 했지만 부탁을 들어줬었다.

하지만 요즘은 귀찮다는 얼굴로 「그럼 아지랑이 팰리스에 오지 마」라고 할 뿐이었다.

어째선지 이상하게 쌀쌀맞았다.

"너무하오! 좀 더 필사적으로 지켜 줘도 좋지 않소! 까딱하면 이 저택이 살인 현장으로 변모할 위기인데!"

여기 없는 소녀들을 매도하며, 란은 벌러덩 드러누웠다.

다락방은 의외로 안락했다. 공기가 흐르고 있는지 그리 덥지도 않았다.

"아~ 임무 시간까지 여기서 빈둥거리겠소!"

섣불리 움직이면 아네트에게 발각될지도 모른다.

낮잠이나 자려고 주위를 둘러보았다. 베개로 쓸 만한 게 없는지 훑어보았다.

"응?"

그러자 다락방 구석에 쌓여 있는 뭔가가 보였다.

란은 손전등을 꺼내 불빛을 비췄다.

「이건—」 하고 말한 란은 저도 모르게 눈을 크게 떴다.

◇◇◇

『등불』과 『봉황』의 밀월 기간이 시작되고, 눈 깜짝할 사이에 일주일이 지났다.

서로가 있는 환경에 익숙해진 일동은 임무나 훈련 같은 스파이 활동 외에도 교류를 나누기 시작했다. 우호 관계를 쌓으려는 자부터 이걸 계기로 각자의 과거에 관심을 가지는 자까지 반응은 다양했다. 서로 다른 소녀들의 자세가 나타나기 시작했다.

그리고 이 시기에, 『등불』의 성격 꼬인 소녀도 『봉황』의 엘리트들과 접촉을 시도하고 있었다.

◇◇◇

아지랑이 팰리스에는 담화실이 마련되어 있다.

평소에는 『등불』의 소녀들이 이용하지 않는 공간이었다. 바닥 면적이 광대한 아지랑이 팰리스에는 남아도는 방이 여럿 있었다. 일상생활은 식당, 홀, 각자의 침실, 대욕탕만 이용해도 충분하여 담화실은 별로 쓰이지 않았다. 난로와 소파가 있어서 안락하긴 하지만, 여덟 명이 모이면 다소 좁았다.

하지만 이 시기에는—.

"아아아아~ 정말 귀여워~ 으헤헤~ 참 좋다~ 『등불』~ 밥은 맛있고~ 애들은 귀엽고~ 소파는 푹신푹신하고~ 천국이야아아아~."

—한 여성이 황홀한 표정을 짓고 있었다.

『우금』 팔마였다. 미팅 미션 이후로 눈 깜짝할 새에 『등불』에 녹아든 팔마는 담화실을 점거 중이었다. 『우인』 에르나를 무릎에 앉히고서 그녀의 머리카락 냄새를 맡고, 어째선지 넋이 나간 얼굴을 하고 있었다.

에르나는 진심으로 싫다는 표정을 짓고 있었다.

"얼른 놔 줬으면 좋겠어……."

"미안~ 에르나. 아, 오늘 묵고 갈게~."

"응?!"

얼굴을 굳히고서 버둥거리는 에르나.

놓치지 않겠다며 끌어당기는 팔마.

그런 두 사람을 바라보며, 마찬가지로 담화실에 있던 『초원』 사라가 쓴웃음을 지었다.

"팔마 선배, 오늘은 임무가 없나요?"

"맞아~ 팔마는 쉬는 날이야~."

"그렇다면 다른 사람은—."

"란이 임무가 있는 날이려나~ 내키지 않는 일이라서 맡겨 버렸어."

사라는 의아해하며 고개를 갸웃했다. 내키지 않는다는 표현이 마음에 걸렸다. 하지만 곧이어 달콤한 냄새가 담화실까지 풍겨 와서 그녀의 의식은 그리로 넘어갔다.

"아, 시폰 케이크가 슬슬 다 구워졌나 봄다."

"고마워어어~ 역시 요리 잘하는 후배가 있고 볼 일이야아아아~."

팔마가 감격하여 외쳤다.

"하지만 저녁 먹은 지 얼마 안 됐잖아요? 너무 많이 먹진 마세요."

"응응, 그렇게~."

"많이 만들었으니까 다른 『봉황』분들에게도 나눠 주세요."

"굉장해~ 사라는 능력자야~."

사라와 팔마는 이제 사이좋은 선후배 관계가 되어 있었다. 그녀들은 담화실에서 친근하게 잡담을 즐기고 있었지만—.

"있잖아, 팔마였던가? 잠깐 시간 괜찮아?"

쌀쌀맞은 목소리가 화기애애한 분위기를 날려 버렸다.

담화실 입구에 청은발 소녀—『빙인』 모니카가 서 있었다. 비대칭 헤어스타일 외에는 특징을 지운 듯한 평범한 체격의 소녀였다.

그녀는 어째선지 험악한 얼굴로 팔마를 매섭게 보고 있었다.

"사라, 에르나, 자리를 비켜 주지 않을래?"

목소리도 평소보다 낮았다.

팔마가 헤실헤실 웃었다.

"응~? 좀 더 에르나를 쓰다듬고 싶은데~."

"……."

모니카의 표정은 딱딱했다.

날 선 분위기를 알아차린 에르나와 사라는 「비, 비킬게」 「그, 그러겠습다」라며 허둥지둥 달아났다.

흥이 깨졌는지 팔마는 낙담한 표정을 지었다.

"뭔데~? 모니카."

"물어보고 싶은 게 있어서. 확인하겠는데, 『봉황』에서 가장 유능한 여성은 너지?"

"뭐~? 큐르랑 란이 졸업 시험 성적은 더—."

"시답잖은 소리는 됐어."

모니카는 엄격하게 잘라 말했다.

지적은 옳았다. 팔마는 졸업 시험에서 5등이었지만, 그건 진지하게 시험에 임하지 않았기 때문이다. 순수한 실력만 보면 팔마는 『봉황』의 여성진 중에서 독보적이었다.

룽청에서 싸웠을 때도, 그녀는 진짜 실력 따위 드러내지 않았다.

그리고 그건 물론 모니카도 간파하고 있었다.

"그래서~?"

팔마가 미소 지었다.

"용건이 뭐야~?"

"양성 학교에 다닐 적에, 특별 합동 연습에 참가한 적이 있었을 거야."

모니카는 팔마의 정면에 있는 소파에 앉았다.

"그 시험관이 누구였는지 알고 싶어. 짐작 가는 사람 없어?"

◇◇◇

—특별 합동 연습.

그건 모니카가 맛본 커다란 좌절이었다.

양성 학교에는 2년에 한 번씩 각 학교의 성적 우수자가 모여 전원이 하나의 과제에 도전하는 관습이 있었다. 여학생들의 미션은 시험관이 지키는 코드북을 뺏는다는 심플한 것이었다. 입학하고 두 달 만에 특별 합동 연습에 다다른 모니카는 의기양양하게 도전했다.

다른 참가자도 경쟁의식을 드러내어, 시험장은 긴장감에 차 있었다.

하지만 총세 20명의 소녀는 여성 시험관 한 명에게 참패했다.

『음, 음~? 성적 우수자라더니 이 정도인가. 깜짝 놀랐어. 굉장히 약하잖아!』

시험장이 된 폐옥에서, 시험관은 여유롭게 웃고 있었다. 모니카 외 전원이 기절한 가운데, 그녀가 고한 말을 잊을 수 없다.

『기억해 두렴. 마음에 불을 붙이지 못하는 녀석은— 이 세계에서 쓰레기야.』

커다란 좌절을 맛보고 자신의 재능을 믿지 못하게 된 모니카는 양성 학교에서 건성건성 지내게 되었고, 이윽고 낙오자라는 낙인이

찍히게 된다.

◇◇◇

'……내 마음을 부순 여자.'

씁쓸한 체험을 떠올린 모니카는 저도 모르게 입술을 깨물었다.

그 좌절은 이미 정리를 끝냈다. 『마음에 불을 붙인다』라는 말은 불명이지만, 자신이 천재라고 다시 믿고서 밤낮으로 단련에 힘쓰고 있었다.

하지만 시험관에게 관심은 있었다.

자신에게 쓴맛을 보여 준 그녀는 누구인가. 설욕하고 싶은 것은 아니지만, 그와 아주 비슷한 감정이었다.

그래서 묻고 싶었다. 특별 합동 연습에 참가했던 다른 인물에게.

모니카의 정면에서 팔마가 예전을 떠올리듯 눈을 가늘게 뜨고 있었다.

"응, 참가했었어~. 그런가, 모니카도 있었구나~. 눈치 못 챘네~."

"당시 참가자 간의 협력은 금지되어 있었으니까. 누가 먼저 끝장내는지 경쟁하는 거라고 여겼던 참가자도 많았고."

"하지만 우리는 전멸했어."

"내분……과도 다르지. 시험관이 기다리는 폐옥에 들어간 순간, 몇 명이 패닉에 빠졌어. 그게 단숨에 전염되듯 퍼졌고……."

"그 후는 기억이 안 나~ 피아노 소리가 들린 것 같았는데."

"수단조차 알 수가 없어."

실력이 너무 차이 나서, 무슨 짓을 당했는지도 파악할 수 없었다.

시험관은 아직 20대 중반의 젊은 여성으로 보였었다. 너무 큰 재능 차이에 마음이 꺾인 사람은 모니카뿐만이 아니었을 터다.

그녀의 생김새는 일순 보였었다.

—표백된 것 같은 순백의 피부, 진홍색 눈.

외모는 이국 사람 같은 느낌이었다. 딘 공화국 출신이 아닐지도 모른다.

"팔마도 그런 엄청난 사람은 몰라~."

그녀는 크게 기지개를 켜고서 모니카를 비웃는 듯한 표정을 지었다.

"하지만~ 알 것 같은 인물은 명백한데~?"

"……."

"뭐, 직접 물어보기 싫은 것도 있겠지~."

"……멋대로 억측하지 말아 줄래?"

아픈 구석을 찔려서 모니카는 노려보았다.

팔마가 거론한 인물이 누구인지는 당연히 알고 있었다.

모니카도 몇 번 물어볼까, 생각은 했지만, 그러면 자신의 패배도 얘기해야 하기에 내키지 않았다. 어차피 그저 관심이었다. 강한 동기도 아니었다.

그러자 갑자기 팔마가 일어났다.

"좋아~ 그 의문에 어울려 줄게~."

"응?"

모니카는 의외라고 느꼈다. 설마 적극적으로 나설 줄이야.
팔마는 크게 고개를 끄덕였다.
"살짝 관심이 있거든~ 최근에는 특히나~."
비밀스럽게 느껴지는 의미심장한 미소를 지었다.
"좋았어~! 우리를 꺾은 여성을 조사하자~!"
팔마는 무척 신난 모습으로 주먹을 높이 들었다.

결론부터 말하자면, 시험관의 정체는 간단히 판명됐다. 『봉황』의 다른 멤버에게서도 정보를 모으고, 알 것 같은 인물의 방으로 가니, 답은 바로 나왔다.
"아아, 그 특징은 하이디 누나야."
『등불』의 보스— 클라우스는 선뜻 대답했다.
서류를 작성하던 손을 멈추고 가르쳐 줬다.
"『화염』의 일원이지. 코드 네임은 『선혹』. 친누나 같던 사람이야. 그 사람의 예술은 타인의 마음을 지배해. 미숙한 자는 그녀의 공간에 들어간 순간 끝이야."
밝혀진 사실에 모니카는 「그렇구나」라고 중얼거렸다. 납득이 가는 정체였다.
—국내 최강의 첩보 기관 『화염』.
이미 괴멸한 조직이었다. 예전에 클라우스는 그들을 가족처럼 사랑했다고 했다.

복잡한 마음에 모니카는 한숨을 쉬었다. 아지랑이 펠리스는 『화염』으로부터 물려받은 건물이다. 자신은 그 시험관이 지냈던 저택에서 생활하고 있었던 모양이다.

클라우스는 전에 없이 상냥한 표정을 짓고 있었다.

"……특별 합동 연습인가. 그립네. 그건 2년에 한 번, 『화염』이 새 멤버를 스카우트하기 위해 열었어. 그렇군. 지난번 여학생들 담당은 하이디 누나였나."

팔마가 눈을 동그랗게 떴다.

"호오~ 스카우트! 그런 속사정이 있었나요~."

"그래. 멤버끼리 연계하면 안 된다는 규칙이 있었을 거야. 그건 개개인의 실력을 가늠하기 위해서야. 물론 양성 학교의 학생을 훈련한다는 의미도 있지만."

"하지만 그런 것치고는 너무 가차 없지 않나요?"

"……그것도 그러네. 개시 직후 섬멸은 역시 어른스럽지 못해."

클라우스는 이상하다는 듯 팔짱을 끼었다.

모니카도 깊이 동의했다. 개시 직후 전멸이면 스카우트도 불가능하다.

"어른스럽지 못한 수준을 넘었다고요~!"

팔마는 화난 것처럼 목소리를 키웠다.

"4년 전에는 근육질 할머니가 초 원거리 사격으로 참가자를 전멸시켰어요~."

"……겔 할멈이군."

클라우스가 눈썹을 찌푸렸다.

『포락』 게르데. 탄약이 동나지 않는다면, 작은 마을 정도는 누구의 접근도 허락하지 않고 제압할 수 있는 실력자라고 했다.

"『봉황』의 남성진이 말하길, 남학생들은 2년 전에 칼을 휘두르는 남자한테 처맞았대."

"스승님……."

클라우스는 미간을 짚었다.

『거광』 기드. 딘 공화국을 배신하여, 『등불』의 소녀들도 이전에 싸운 적이 있었다. 순수한 격투 능력만 보면 클라우스조차 뛰어넘은 남자였다.

"혹시 『화염』은 양성 학교에서 악행을 거듭한 건가……?"

판명된 사실에 클라우스가 떨리는 목소리로 말했다. 충격을 받은 것 같았다.

팔마가 쓴웃음을 지었다.

"그렇죠~ 우등생의 자만심을 흠씬 두들겨 팬다는 느낌? 그래서 충격받는 사람도 많았지만—."

도중에 슬픈 목소리를 냈으나, 곧장 웃어 보였다.

"—팔마로서는 좋은 자극이 되긴 했으려나~."

"……."

모니카는 아무 말도 할 수 없었다. 충격 받아 마음이 꺾였던 측이기 때문이다.

당연히 유감은 있었다.

하지만 그 특별 합동 연습 자체를 부정할 마음은 없었다. 『선혹』과 만나지 않았다면 모니카는 교만을 품은 채 양성 학교를 졸업했을 것이다. 어떤 의미에서는 좋은 약이었다.

"—『선혹』 하이디."

클라우스는 만족스럽게 고개를 끄덕였다.

"어쨌든 재주가 많은 사람이었어. 잠입 조사에 뛰어난 스파이로, 임무마다 다양한 달인이 됐었어. 극장에 숨어들 때는 일류 피아니스트가, 귀족의 가정 교사가 될 때는 일류 화가가. 나도 한때 유화에 빠졌었는데, 그 사람의 영향이야."

팔짱을 끼고 깊이 고개를 끄덕였다. 간신히 알아들을 수 있는 볼륨으로 「관능 소설도 자주 썼는데…… 음, 어디에 보관했더라……」라고 혼잣말을 흘렸다.

아무튼 재능 있는 사람이었던 모양이다.

팔마가 「멋지다~ 만능이야~」라며 손뼉 쳤다.

"근데 스승님과 하이디 누나가 도를 넘은 연습을 시행했을 줄이야……."

클라우스의 표정이 다시 흐려졌다.

그에게는 간과할 수 없는 사실인 듯했다.

"양성 학교의 학생을 가차 없이 때려눕혔다니. 그 사람들은 나를 지도할 때도 훈련이 되면 엄격해지긴 했지만…… 아니, 스파이에게는 그게 필요할지도 모르지만…….”

「뭔가 아는 거 없어?」라고 모니카가 물었다.

“나와 동등한 재능을 가지고 있거나 그 이상인 것이 합격 기준이라고 들었어.”

“그럼 클라우스 씨 때문이잖아!”

혼신의 태클이 방에 울렸다.

◇◇◇

스파이 양성 학교의 특별 합동 연습—이라는 형태로 이루어진 『화염』 선발 시험.

실제로 『화염』이 양성 학교에서 멤버를 채용한 적은 한 번도 없었다. 세계 대전 종결 직후 하이디와 클라우스가 가입하고 10년간, 새 멤버는 없었다.

향후 다음 세대로 잇기 위해 새 멤버는 어떻게 정할 것인가.

그걸 정한 사람은 『화염』의 보스—『홍로』 페로니카였다.

“그렇지, 앞으로 『화염』을 짊어지는 거니까…….”

타오르는 듯한 붉은 머리를 기른 역전의 여성은 「으음~」 하고 고민하고서 동료들에게 통보했다.

“최소한 클라우스와 비슷한 수준으로 강해야 해.”

이리하여 양성 학교의 우등생은 2년에 한 번 지옥을 경험하게 된다.

◇◇◇

모니카는 오른손으로 목덜미를 문지르며 복도를 걷고 있었다.

감정이 흔들리고 있었다.

자신을 좌절시킨 정체를 알았다는 납득도 있었고, 「그랬으니 완패하지」라는 자기변호 같은 체념도 있었다. 분한 감정도 섞였다. 『선혹』이 모니카를 스카우트하지 않았다는 사실도, 그녀에게 마음이 꺾여 버렸다는 사실도, 전부 화가 났다.

『선혹』이 예술가라는 점도 짜증 났다.

모니카는 예술가 집안 출신이었다. 예술을 사랑하는 가정에서 태어났지만, 그 감성을 이어받지 못하고 가출하듯 스파이 양성 학교에 갔다.

부글거리는 감정을 품은 채 크게 한숨을 쉬었다.

'뭐, 알았다고 해서 딱히 바뀌는 건 없지만.'

변명하듯 중얼거렸다.

정말로 단순한 관심이었다. 시험관의 정체를 알았다고 해서 복수할 것도 아니었다.

'……하이디 씨는 이미 사망했고.'

그렇게 자신을 납득시킨 모니카는 침실로 향했다. 벌써 밤 아홉 시였다.

침실 앞에 사람이 있었다.

어째선지 『등불』의 소녀들이 모여 있었다. 거의 전원이 막 목욕을 끝낸 것처럼 발그레한 얼굴로, 부끄러운 듯 뭔가를 들고 있었다.

"—응? 무슨 일이야?"

모니카가 말을 걸자, 모여 있던 소녀들이 화들짝 놀라 목소리를 떨었다.

"모, 모니카……."

"어, 응, 이거…… 아마, 거짓말이라고 생각하지만."

릴리와 지비아가 멋쩍어하며 문을 가리켰다.

모니카의 침실. 그 문에 생소한 종이가 붙어 있었다.

【모니카 공의 방 다락에서 발견된 것 ↓】

란의 필적이었다.

화살표가 가리킨 곳에는 대량의 책이 놓여 있었다. 대충 봐도 서른 권이 넘었다. 적어도 모니카가 소유한 책은 아니었다. 애초에 다락을 확인한 적도 없었다.

이상하게 여기며 책 한 권을 들어서 펼친 모니카는 목차를 읽고 「—윽」 하는 소리를 냈다.

남녀의 농후한 뒤얽힘을 그린 관능 소설이었다.

"서, 설마 아니겠지만."

"이, 이거, 진짜 모니카 거야……?"

다른 동료들이 시선을 보내왔다.

그 시선에는 마치 보면 안 되는 것을 본 듯한 어색함이 담겨 있었다.

“후후, 사춘기라면 당연해. 부끄러워할 일은 아니야.” “……숨기고 있는 마음을 남들에게 폭로하는 행위는 용서하기 어렵네요.” “죄, 죄송함다. 무심코 봐 버렸슴다!” “에, 에르나는 아직 읽기엔 이른 것 같아!” “그럼 나님이 낭독할게요! 모니카 누님, 추천하는 책은 뭔가요?”

떠들썩한 목소리가 한동안 끊이지 않았다.

◇◇◇

—아랑크 국립 미술관.

100년 이상의 역사를 자랑하는 유서 깊은 시설이었다. 국내는 물론이고 전 세계 예술가의 작품이 전시되어 있으며, 그 수는 국내 최대. 자산가와 귀족으로부터 회화를 빌려서 항시 전시물을 교체하여, 항구 도시의 주민이 몇 번을 오든 질리지 않도록 궁리되어 있었다.

세계적으로 유명한 미술관 중 하나였다.

현재 시각은 밤 열한 시. 일곱 시에 폐관하여 직원의 모습도 없었다. 경비원의 순찰은 두 시간에 한 번이라, 공간은 거의 무음 상태였다.

‘이야~ 통쾌하오, 통쾌하오.’

란은 기분 좋게 활보 중이었다.

나오기 전에 모니카의 방 앞에 둔 관능 소설 때문이었다.

'지금쯤 모니카 공은 당황하고 있겠지. 충분히 괴롭힌 후에 소생 쪽에서 타진하면 되는 것이오. 오해를 풀고 싶다면 아네트 공으로부터 소생을 지키라고 말이오.'

정확히는 사라의 침실 다락에서 발견한 것이지만, 사라의 물건 같지는 않았기에 타인을 협박하는 데 이용했다. 아네트보다 확실하게 강하다는 이유로 모니카를 모함하기로 했다.

'스스로 생각하기에도 완벽한 계획이오!'

응응, 하고 고개를 끄덕거린 후, 란은 얼굴을 들었다.

그녀가 야간의 미술관에 숨어든 것은『봉황』의 임무 때문이었다.

타깃은 이 미술관에서 일하는 학예사. 그녀에게 어떤 범죄 용의가 있다는 증거를 확인하고, 신병을 확보하는 것이 란의 역할이었다.

'그럼 우선 임무를 달성하고—.'

다시금 기합을 넣자, 복도 앞쪽에서 발소리가 들려왔다.

지금 란은 길쭉한 전시 공간에 있었다. 벽에는 국내외의 유채화가 걸려 있었다.

그 안쪽에 있는 조각품 전시 부스 쪽에서 누군가가 걸어왔다. 아무도 없는 미술관에 뚜벅뚜벅 발소리가 울렸다. 경비원의 순찰 루트에서는 벗어나 있었다.

"음, 행차한 것인가."

자세를 낮추고 경계 태세를 취했다.

하지만 나타난 것은 예상외의 인물— 모니카였다.

『등불』 최강의 소녀가 싸늘한 무표정으로 다가왔다. 말없이.

음? 하고 란은 고개를 갸웃했다. 자신의 임무 장소를 모니카에게 전한 기억은 없었다.

경계하며 바라보고 있으니 모니카의 입술이 움직였다.

"죽여 버리겠어."

그녀가 들고 있는 것은— 권총이었다.

"어? 아니아니아니아니!"

란은 황급히 뒷걸음질 쳤다.

아무래도 관능 소설로 모함한 것 때문에 매우 화가 난 듯했다.

"지, 진정하시오. 소생은 지금 임무 중이라서 이러고 있을 때가— 저, 저기, 나중에 찬찬히 얘기할 테니, 권총은 내려놓았으면—."

"죽여 버리겠어."

"말이 통하질 않는다니 난감하게 되었구려."

즉시 몸을 돌려 도주하기로 했다. 얘기할 수 있는 상황이 아닌 것 같았다. 아직 거리가 있는 틈에 힘껏 멀어졌다.

아마 모니카는 팔마를 통해 이 장소를 알아냈을 것이다. 욕망에 충실한 팔마라면, 잼토스트 하나에 팀원을 배신할 가능성이 있었다.

다행히 지리적 이점은 란에게 있었다. 임무를 위해, 직원용 통로까지 미술관을 철저히 파악하고 있었다.

직원용 통로를 달려, 전시용 액자와 케이스가 쌓여 있는 창고로 도망쳤다.

'설마 저렇게까지 화낼 줄은 몰랐소!'

조각용 전시대에 몸을 숨기고서 호흡을 골랐다.

다소 혼날 것은 각오했지만, 날짜가 넘어가기도 전에 즉시 습격해 올 줄이야.

'……하지만 잠복은 소생의 특기. 들킬 리 없소.'

어두운 창고에서 가슴을 쓸어내렸다.

잠복 기술에는 절대적인 자신감이 있었다. 목숨이 위험한 국면에서 잠복 기술로 살아난 적이 여러 번이었다. 설령 모니카가 창고에 들어오더라도, 그늘에서 그늘로 이동하며 모습은 노출하지 않을 것이다.

일류 스파이도 찾을 수 없으리라고 자부했으나—.

"코드 네임 『빙인』— 시간이 있는 한, 사랑하고 품어라."

창고의 조명이 켜짐과 동시에 뭔가가 공중을 날았다.

입구 쪽에서 무수한 거울을 던진 것이었다. 빛을 반사하며 공중에서 회전한 거울은 세 장 이상의 반사를 거쳐 모니카의 얼굴을 담았다.

란이 모니카의 얼굴을 볼 수 있다는 것은, 모니카도 란이 보인다는 뜻이었다.

"하아아아아아아아아?!"

『도촬』이라고 모니카가 부르는 특기. 일정 공간 내라면, 모니카는 모든 존재를 볼 수 있다. 어디에 숨든 도망칠 곳은 없다.

모니카는 창고에 있는 선반 위를 달려 일직선으로 란에게 접근했다.

"—으엑!"

기세를 몰아 작렬한 모니카의 날아차기는 란을 창고 벽으로 날려 버렸다.

머리를 부딪치고 쓰러진 란의 배를 밟은 모니카가 권총을 겨눴다.

"자, 란. 지금 당장 죽는 것과 비참하게 죽는 것, 어느 쪽이 좋아?"

"실질적으로 둘 다 똑같소."

란은 땀을 삐질삐질 흘리며 양손을 들었다.

격노한 이유는 불명이지만, 당장 달래지 않으면 목숨이 위험할지도 몰랐다.

"이, 이야~ 살짝 장난친 것이오~ 일단 진정하시오."

"……유언은 그게 다야?"

"여유가 없구려~ 아하하, 설마 『등불』 안에 좋아하는 사람이 있는 건 아닐 테고. 관능 소설 한두 개쯤, 오해받더라도—."

눈앞에서 폭발이 일어났다.

신경이 망가졌나 착각이 드는 소리와 충격. 뒤늦게 총성임을 알아차리고서 조심조심 오른쪽을 보았다.

총알이 벽에 박혀 있었다.

"바, 발포했어……?"

—지뢰를 밟은 모양이다.

그건 알겠지만, 원인을 알 수 없었다. 지금은 느슨해진 방광을 다시 다잡는 게 더 중요했다. 뭐라고 말은 안 하겠지만 약간 지렸다.

그때, 창고 밖에서 사람이 달려가는 소리가 들렸다.

"——!"

란은 즉각 의식을 전환하여 모니카를 밀어내고 일어났다.

"소생은 임무 중이오! 타깃이 경계했을지도 모르오!"

총성을 듣고 행동에 나선 것 같았다.

지금 쫓지 않으면 놓칠 우려가 있었다.

모니카는 태연했다.

"팔마한테 들었어. 타깃은 가르가드 제국의 스파이도 아니고. 미술품을 훔치고 있는 미술관 학예사라며. 평범한 일반인은 순식간에 쓰러뜨릴—."

"평범한 일반인이 아니오!"

란이 호통쳤다.

얼떨떨해하는 모니카의 얼굴을 보고, 그녀가 오해하고 있음을 깨달았다.

"그런가. 팔마 언니는 확실하게 설명하지 않은 거구려."

란은 한숨을 쉬었다.

"『타락론(墮落論)』— 범죄 조직의 이름이오. 이번 타깃은 그 일원이오."

"그건 뭐야?"

"확실히 스파이는 아니오. 정확히는 스파이가 되지 못한 자들이지."

기밀 정보이긴 하지만, 휘말리게 됐으니 어쩔 수 없다고 란은 판단했다.

"—스파이 양성 학교의 퇴학생들."

허망함에 괴로워하며 말했다.

"남을 속이는 기술을 습득했으나 꿈이 깨어져 역적으로 전락한 일당이오."

◇◇◇

스파이 양성 학교의 입학생에게는 어떤 규칙이 주어진다.

—습득한 기술을 악용하지 말 것.

명문화할 필요도 없는 일이지만, 그 규율은 무겁다. 총 쏘는 법, 남을 속이는 법, 농락, 협박, 선동, 자물쇠 따기, 암살— 스파이로서 배우는 기술은 전부 범죄에 쓸 수 있다. 경찰에게 체포당했을 때 무마하는 방법도, 타인에게 누명을 씌우는 방법도, 양성 학교에서는 가르쳤다. 만약 학생이 악한 길로 빠지면, 평범한 경찰은 맞설 수 없는 범죄 전문가가 탄생한다.

그렇기에 학생들에게 으름장을 놓았다.

—기술을 악용하면 『처형인』이 죽이러 간다고.

동포 살해에 특화된 냉혹한 에이전트들. 이중 스파이의 암살도 담당하는 집단이다. 그들이 절대 놓치지 않을 거라고.

다행히 이제까지는 양성 학교의 퇴학생 중에서 범죄자가 나온 적이 없었다. 다들 『처형인』이 무서웠는지, 퇴학생은 그 후 얌전히 생활하는 경향이 있었다.

하지만 마침내 나타나고 말았다.

스파이 양성 학교의 퇴학생만으로 구성된 범죄 조직.

대외정보실의 방첩팀이 발견했다고 한다. 구속한 가르가드 제국의 스파이를 신문한 결과, 『타락론』이라는 조직에 활동 자금을 주고 국내의 기밀 정보를 얻었다는 사실이 발각됐다. 곧장 조직원 한 명을 붙잡아 고문해서 내부 정보를 알아냈다.

학교에서 익힌 스파이 기술을 사리사욕에 사용하는 퇴학생 그룹.

—『타락론』.

구성원은 최소 스무 명이 넘는 것 같았다.

『봉황』은 『처형인』을 보조하여 그들을 구속하고 있었다. 팔마가 저번에 수행했던 임무도 이 건과 관련이 있었다.

◇◇◇

란에게 설명을 들은 모니카는 「그렇구나」 하고 고개를 끄덕였다.

"즉, 잔챙이란 거네?"

"소생의 얘기를 들은 것 맞소?"

란이 어이없다는 시선을 보냈다.

하지만 란의 얘기를 들어도, 모니카는 별로 두렵지 않았다. 양성 학교의 학생 대부분이 졸업에 이르지 못하고 퇴학한다. 일부가 범죄에 손대는 일도 있을 수 있었다.

물론 예전에 숙식을 함께했던 상대가 적이라는 건 내키지 않지만.

두 사람은 속닥속닥 대화하며 미술관의 복도를 걸었다.

타깃은 아까 울린 발포음을 듣고 모습을 감춘 상태였다. 하지만 아직 미술관 밖으로 나가지는 않은 듯했다. 출입구는 란이 미리 봉쇄했다고 했다.

모니카가 도와줄 이유는 없지만, 타깃에게 들킨 것은 자신 탓이기도 했다. 내뺄 수도 없었다.

아직 미술관 내에 숨어 있는 적을 수색하며 란에게 설명을 들었다.

"적어도 평범한 일반인은 아니오. 만만히 봤다가는 허를 찔릴 것이오."

"하지만 도달하지 못한 거잖아? 졸업 시험에."

양성 학교의 퇴학생— 즉, 정기 시험에서 낙제했거나, 훈련을 버티지 못하고 자퇴한 것이다.

란이 입술을 삐죽였다.

"낙오자였던 그대가 할 말이오?"

"음……."

"딱히 『등불』의 실력을 우습게 보는 것은 아니오. 양성 학교의 성적 따위, 그저 하나의 기준에 불과하오. 그건 『등불』이 증명했소."

그녀의 목소리에는 절절한 실감이 담겨 있었다.

모니카도 알고 있었다. 동료들은 돌출된 스테이터스 때문에 『낙오자』라고 낙인찍혔지만, 상황이 딱 맞아떨어지는 순간 폭발적인 힘을 해방한다.

"그렇기에 경계하는 것이오. 퇴학생 중에 『등불』과 동등하거나 그 이상의 실력자가 섞여 있을 가능성을."

"맞는 말이야."

란의 말에 누군가가 대답했다.

거대한 조각상이 늘어서 있는 전시 부스였다. 조각상은 전방위에서 감상하는 것이 전제이기에 넓게 움직일 수 있는 공간이 마련되어 있었다.

조명은 안 켜져 있어서, 불빛이라고는 어렴풋한 상야등의 빛밖에 없었다.

악신을 본뜬 석상 열 개가 좌우로 늘어서 있고— 중앙에 소녀가 서 있었다.

상당히 키가 컸다. 『등불』에서 가장 키가 큰 그레테보다도 커 보였다. 선을 그은 것처럼 손발이 쭉 뻗었고, 갸름한 얼굴에 커다란 눈과 굳게 다물린 입술이 있고, 호전적인 태도가 엿보였다.

모니카는 다시금 권총을 고쳐 잡았다.

"설마 당당히 나타날 줄이야."

"나야말로 뜻밖이야. 언젠가 『처형인』에게 들킬 거라고 각오는 했지만. 내 또래의 아이가 올 줄은 몰랐어."

그녀는 어깨를 으쓱였다.

"내 이름은 샤오리. 작년에 스파이 양성 학교를 자퇴했어."

"요즘 범죄자는 예의가 바르네. 이름도 밝히고."

란에게 사정은 들었다.

그녀는 미술품을 절도하고 있었다. 이 국립 미술관은 수많은 자산가로부터 예술품을 받아 보관했다. 그걸 반환할 때 정교하게 만든 가품을 주고, 진품은 암시장에 팔아넘긴다고 했다. 양성 학교에서 배운 위조 공작 기술을 이용한 범죄였다.

그렇게 번 돈은 『타락론』의 운영 비용으로 쓴다고 했다.

—『타락론』 제일의 벌이꾼.

샤오리라고 이름을 밝힌 소녀는 호전적인 표정을 무너뜨리고 상냥하게 미소 지었다.

"권유하려고."

"음?"

"나이가 비슷해 보였으니까. 나는 간부라서 신규 가입자 추천 정도는 가능해. 있지, 너희 둘. 나랑 같이 『타락론』에 들어올 생각 없어?"

모니카는 코웃음 치고 옆을 보았다.

"어쩔래? 란. 일단 입회해서 잠입 조사라도 할래?"

"전부 말하면 어쩌자는 것이오……."

란이 힘없이 태클을 걸었다.

물론 모니카도 잠입 조사 같은 걸 할 마음은 없었다. 그런 귀찮은 수고를 들일 마음은 없었다. 눈앞의 타깃을 붙잡아서 신문하는 편이 더 빠르다.

"스파이 같은 건 은퇴해 버려. 어차피 죽기만 할걸?"

샤오리는 비웃었다.

"그보다 사리사욕을 위해 사는 게 더 낫다고 생각하는데. 조국을 위해 순직하다니 촌스럽지 않아? 세뇌당한 거야. 질겁할 만한 애국심이야."

"논의할 거리도 안 되는구려."

이번에는 란이 대답했다.

"조국을 위해 목숨은 버릴 수 없다— 그런 사상도 좋겠지. 그대의 자유라오. 마음대로 살면 되오. 하지만 죄는 저지르면 안 되지. 그뿐이라오."

"……기운 빠지네. 설교하지 마."

"얌전히 오라를 받으시오. 출신 학교는 다르지만, 양성 학교 학생이었다는 인연이 있으니 죽이지는 않겠소."

란은 슬쩍 오른팔을 흔들었다. 손끝에서 빛의 선 같은 게 보였다. 실이었다. 그건 『뜬구름』이라는 이름을 가진 그녀의 무기였다. 옭아매는 실.

란의 특기는 『포박』이었다. 이번 임무에 제격이리라.

"아~ 정말. 그런 고지식한 사상이 싫다고!"

눈앞의 샤오리는 짜증을 내며 긴 팔을 좌우로 벌렸다.

"코드 네임 『탈피』— 동여 품는 시간이 되어라!"

그녀의 양손에 권총이 들려 있었다. 쌍권총을 쓰는 것 같았다.

발포와 동시에 모니카도 란도 즉시 기둥 뒤에 숨었다.

곧이어 발밑에서 뭔가가 터지는 소리가 났다. 샤오리가 직접 노릴 수 없는 위치였다. 총알이 튕기는 소리가 전시 공간 전체에 울렸다.

도탄이구나, 하고 모니카는 알아차렸다.

고무제 총알을 쏴서 벽이나 천장에 반사시켜 사각지대에서 적을 친다. 고등 기술이었다. 적어도 양성 학교 학생 중에서 할 수 있는 사람은 거의 없었다.

'뭐, 나는 여유롭게 가능하지만.'

샤오리도 다른 기둥에 숨어 도탄으로 모니카와 란을 끝장내려고 했다. 벽에 맞고 날아온 총알이 란과 모니카의 발밑에서 터졌다. 쌍권총을 번갈아 발포하여 끊임없는 연격을 이어 갔다.

발포음이 공간에 울렸다.

모니카는 빠르게 끝내고자 했다.

'……좀 서두르는 편이 좋겠어. 이대로는 위험해.'

전시 공간은 너무 어두워서 시력이 통하지 않았다.

발포음과 고무탄이 튕기는 소리를 구분하고, 모니카는 기둥에서 뛰쳐나갔다. 거리를 좁히고, 투척 무기로 기절시키려고 했다.

"—응?"

하지만 곧장 위화감을 알아차렸다.

소리가 어긋나 있었다.

끊임없이 발사되는 쌍권총의 발포음이 전시 공간에 메아리쳐서 뒤늦게 눈치챘다.

—발포음이 울리고 나서 고무탄이 튕기는 소리가 나는 게 너무

빨랐다.

특수한 총을 쓰고 있었다.

소음기로 발포음을 지우고, 총알을 쏜 후에 시간을 두고서 총성이 울리는 것 같았다.

"걸렸다."

샤오리의 중얼거림이 들렸다.

어둠 속에서 소리를 조작하여 상대가 타이밍을 오인하게 한다.

모니카는 알고 있었다. 특기와 거짓말을 합쳐서 적을 무찌르는 기술. 양성 학교 졸업 직전의 우등생만이 도달할 수 있는 최종 강의— 사기술.

접근하자 샤오리의 의기양양한 얼굴이 잘 보였다.

모니카를 부르는 란의 목소리가 들렸다.

『도탄』×『시차』— 투명 총탄.

인식하지 못한 곳에서 날아온 고무탄은, 모니카의 측두부에 꽂혔다.

◇◇◇

머릿속을 스친 것은 특별 합동 연습 때 『선혹』 하이디가 떠나고 난 폐옥이었다.

자신감을 상실한 우등생들만이 남아 있었다. 무슨 짓을 당했는지도 모른 채, 자신이 뭘 했는지도 이해하지 못했다.

신체적 대미지보다도 마음의 상처 쪽이 더 컸다.

—지금까지 했던 노력은 뭐였는가.

—정상급에 오른 자신의 재능 따위 무가치하지 않은가.

양성 학교에서 수명을 깎으며 습득한 기술이 무로 돌아간 순간이었다.

그런 와중에 바로 일어난 것은 이미 특별 합동 연습을 경험한 학생들이었다. 『포락』 게르데에 의해 자신감이 한 번 부서졌던 자들. 분한 표정을 짓고서 폐옥을 떠났다. 팔마도 그중 한 명이었을 것이다.

반면 특별 연습을 처음 경험한 자들은 제대로 움직이지도 못했다.

모니카는 후자였다. 불과 두 달, 역대 가장 빠른 속도로 도달했다는 자신감이 있었기에, 좌절을 딛고 일어서기까지 아득한 시간이 필요했다.

이제 생각도 나지 않았다.

—대체 자신이 어떻게 다시 일어났는지.

◇◇◇

피탄과 동시에 고개를 틀어 충격을 흘렸다.

다행히 샤오리가 쓰는 것은 잘 튕기게 개량된 고무탄이었다. 도탄을 노릴 수 있는 만큼 살상력은 낮았다.

의식이 날아갈 뻔했지만, 곧장 정신을 다잡았다.

란이 샤오리를 향해 위협사격을 하며 달려왔다.

"모니카 공, 괜찮소?"

"응. 여유."

머리가 아프지만, 문제없이 싸울 수 있었다.

샤오리는 혀를 차더니 즉시 거리를 벌려 다른 기둥으로 이동했다. 총알을 다 썼는지 재장전하는 소리가 들렸다. 기다렸다가 다음에 다시 재장전하는 순간을 노리는 것도 한 방법이지만, 상대는 발포음만 낼 수 있는 특수한 총을 쓰고 있었다. 발포 횟수를 속이려 들 것이다.

"제법이구려. 모니카 공에게 한 방 먹이다니."

란이 감탄했다.

모니카는 고개를 가로저었다. 다른 것에 정신이 팔려서 총알을 피하지 못했을 뿐이다.

"묘하게 연이 있는 날이네."

자신의 머리카락을 쓸었다.

"음?"

"저 커다란 여자랑 나, 아마 만난 적이 있어."

모니카는 의외라는 듯 쳐다보는 란의 어깨를 두드렸다.

"응, 일단 저 녀석은 나한테 맡겨 줄래? 넌 다른 일을 해 줘."

작전을 짧게 전했다. 도중에 란은 「하아?」 하고 얼굴을 찌푸렸지만, 이해하지 못한 표정을 지으면서도 동의해 줬다.

준비가 끝나자 모니카는 기둥 뒤에서 뛰쳐나갔다.

"너 강하네!"

어둠을 향해 외쳤다.

"있잖아, 2년 전에 너도 특별 합동 연습에 참가하지 않았어?"

"……맞아."

대답은 있었다.

사기술도 습득했으니, 샤오리가 졸업 직전까지 갔다는 것은 예상이 됐다. 그렇다면 우등생만 참가하는 특별 합동 연습에도 있었을 것이다.

멀리 떨어진 기둥 뒤에서 샤오리의 목소리가 들렸다.

"뭐야? 너도 참가했었어? 그럼 알 텐데?"

"……."

"—그런 일을 겪으면 마음이 꺾인다고!!"

혼이 담긴 절규였다.

고함이 메아리쳤다.

"그날 확신했어. 나는 맞설 수 없어! 그딴 괴물이 있는 세계에 뛰어들어 봤자 죽을 뿐이야! 승산도 없어. 목숨을 잃기 전에 자퇴하는 게 현명한 일이었어."

"……."

모니카는 내심 고개를 끄덕였다.

'그 마음을 모르진 않아.'

그녀 자신도 『선혹』에게 완패하고 다시 일어서기까지 상당한 시간이 필요했다. 자퇴도 생각했었다. 『등불』에 소집되어 간신히 남아 있던 자존심을 회복하기까지, 양성 학교에서는 무기력한 생활을 보냈다.

모니카와 샤오리는 한없이 가까운 위치에 있었다.

하지만 말이야, 하고 중얼거렸다.

"포기가 너무 빠르지 않아?"

강한 목소리로 말했다.

모니카와 샤오리의 차이— 그건 바로, 포기할 수 없어서 양성 학교에 계속 남아 있었다는 것이다.

"미술관 학예사로 위장 중이면서 교양이 없네."

모니카는 늘어선 조각상을 보며 비웃었다.

"여기 있는 건 시대의 총아들이 만든 작품— 재능의 전람회야. 예술 세계에서 천재가 바로 싹을 틔우지 못하는 건 일상다반사야. 몇십 년 뒤에 겨우 인정받기도 하고, 도전하는 장르를 바꿨을 뿐인데 각광받기도 해."

모니카는 한 발짝 앞으로 나갔다.

"자신이 천재가 아니라는 걸 누가 어떻게 증명할 수 있지?"

"시끄러워……."

"뭐, 실제로 범재였던 걸지도 모르지. 마음이 꺾여서 자퇴할 정도라면."

그녀는 품에서 지갑을 꺼내 살짝 흔들었다. 고무공 세 개가 굴러나왔다. 안에 쇠공을 넣은 특제 투척 무기였다.

"범재답게 천재 앞에 굴복해."

"——!"

샤오리의 역린을 건드린 듯했다. 기둥 뒤에서 쌍권총을 난사하기 시작했다. 벽에 맞고 튕긴 도탄이 무방비한 모니카에게 쏟아졌다.

—아직 자존심은 남아 있잖아.

고무탄을 피하며, 모니카는 적을 동정했다.

도중부터 날아오는 총알과 발포음 사이에 지연이 생기기 시작했다. 회피 타이밍이 어그러졌다. 샤오리가 습득한 사기술. 원래는 나라를 지키기 위해 단련한 스킬일 터다.

모니카는 아직 접근할 수 없었다.

이겼다는 듯 우쭐대는 샤오리의 목소리가 들렸다.

"시끄러워! 아까 내가 쏜 총에 맞은 범재가—."

"모니카 공, 이제 괜찮소."

란의 목소리가 전달되었다.

모니카 뒤에 숨어 이동한 란의 양손에서 실 여러 개가 뻗어 나와 있었다. 실은 전시 공간의 모든 석상에 휘감겨 있었다.

샤오리가 즉시 몸을 물려 실과 거리를 뒀다.

하지만 란의 역할은 그녀를 구속하는 게 아니었다.

"정말이지, 모니카 공은 여유롭구려."

란이 어이없어하며 중얼거렸다.

"죽고 죽이는 싸움을 벌이는 와중에 **석상이 도탄을 맞지 않도록 행동하다니**. 확실히 고무탄을 잘못 맞으면 석상이 넘어질 우려는 있었소만."

"예술에는 경의를 표하거든."

일단 예술가의 딸이라서, 하고 모니카는 덧붙였다.

금시초문이라고 중얼거린 란은 양팔을 휘둘렀다.

"코드 네임 『뜬구름』— 만들어 사로잡힐 시간이오."

포박. 실이 동물처럼 꿈틀거려 석상 열 개에 휘감겼다.

이로써 모니카는 거침없이 움직일 수 있다. **조각상이 넘어질까 걱정되어 일부러 총알을 맞을 필요도 없다.** 샤오리를 향해 일직선으로 달려갔다.

"——?!"

샤오리가 즉각 발포한 고무탄은 단도로 쳐 냈다. 똑바로 날아오는 탄환이라면, 모니카는 쉽게 쳐 낼 수 있었다.

사각지대에서 날아오는 도탄도 이미 완벽하게 파악하고 있었다.

지킬 것이 제 몸 하나라면 전부 계산 범위 내였다. 총탄이 튕기는 각도를 계산해서 그 방향으로 쇠공을 던지면 문제없이 진행 방향을 바꿀 수 있다.

즉, 모니카의 접근을 막는 것은 아무것도 없었다.

"말도 안 돼……!"

샤오리의 얼굴이 새파래졌다.

단도의 칼등으로 그녀의 목을 쳤다. 최단 궤도를 그리며 휘둘린 팔이 멈췄을 때는 전부 끝나 있었다. 적이 피할 여유 따위 주지 않았다.

"처음은 아닐 거야."

쓰러지는 샤오리에게, 모니카는 고했다.

"그날도 비슷하게 아무것도 못 하고 참패했었잖아. —우리는."

◇◇◇

란은 샤오리의 신병을 다른 팀에게 넘겼다.

모니카는 일부러 자세한 사정을 묻지 않았다. 하지만 넘긴 상대가 『처형인』이라 예상했다. 한번 스파이 기술을 범죄에 악용한 샤오리가 살 수 있을지는 알 수 없었다. 목숨까지 뺏지는 않을 거라고 란이 말했으니, 희망은 있는 걸까.

괜한 관심은 두지 않았다.

하지만 샤오리와의 관계성은 이런저런 생각이 들게 했다.

'얄궂은 일이야…….'

일찍이 양성 학교의 우등생이었고. 특별 합동 연습에 참가하여 『선혹』과 만나 좌절했다. 그건 모니카와 다르지 않았다.

하지만 길은 거기서 달라졌다.

포기할 수 없었던 모니카는 클라우스에게 스카우트되었고, 샤오리는 자퇴하여 『타락론』이라는 범죄 집단에 들어갔다.

—두 사람을 가른 것은 무엇인가.

미술관에서 돌아가는 길에 그런 생각을 했다.

슬슬 날짜가 바뀔 시간이었다.

란은 아지랑이 팰리스에서 자고 가겠다고 했다. 쫓아내고 싶지만, 이미 클라우스에게 허락은 받은 듯했다.

유독 구름이 많은 밤길, 모니카와 란은 간단한 대화를 나눴다.

"모니카 공, 모니카 공."

"왜."

"그러고 보니 소생도 참가했었소. 특별 합동 연습."

"……흐응, 기억 안 나."

"당시에는 서로 날을 세우고 있었으니 말이오. 팔마 언니는 어렴풋이 기억나오. 아우라부터가 달랐었소."

"우리 팀의 망할 꼬맹이랑 교환하지 않을래?"

"간단히 동료를 팔지 마시오."

"최악에는 그냥 망할 꼬맹이만 데려가 줘도 돼."

"아예 다른 얘기가 되었소만……. 좀 더 소생에게 관심을 가져 주시오."

"관심이 갈 만한 주제를 꺼내 줘."

"특별 합동 연습 때, 소생의 말투는 『랑께』였소."

"인류 사상 가장 어찌 되든 좋아."

"잘 모르겠지만 모욕당한 것 같소."

"그래서…… 너는 어떻게 생각했어?"

"음?"

"시험관. 『선혹』이라고 『화염』의 스파이였대."

"음, 그렇소?"

"세계 정상급 스파이와 대면하고 어떻게 느꼈어? 마음은 안 꺾였어?"

"그야 아주 감동했었소. 세계는 넓구나~ 하고."

"……진심이야?"

"그렇소. 순수하게 동경했었지. 자신과는 모든 것이 달라 보였소. 저 경지에 언젠가 도달하고 싶어서 가슴이 뛰었소."

"……."

"……왜 그러시오?"

"……아니."

"음?"

"그냥, 나 자신이 되게 꼴사납다는 생각이 들었을 뿐이야."

◇◇◇

아지랑이 팰리스의 현관에 다다랐을 때, 란이 「그, 그러고 보니……」라며 조심조심 말을 꺼냈다.

무슨 일인가 싶어서 모니카가 시선을 보냈다.

란이 창백한 얼굴로 말했다.

"이, 이제 화는 가라앉은 것이오? 관능 소설 관련해서."

"응? 나중에 죽일 건데?"

"가차 없네?!"

"뭐, 이번에는 특별히 용서해 줄게. 임무를 방해해 버린 건 사실이고."

실은 란이 말하기 전까지 잊고 있었다.

하지만 이제 화낼 기력도 없었다. 아마 다재다능했던 『선혹』이 쓴 관능 소설일 것이다. 그녀는 스파이 활동을 하면서 책도 냈다고 했다.

그걸 클라우스에게 설명해 달라고 하면 오해는 풀릴 터다.

"사, 살았소~."

란이 한숨을 쉬며 어깨를 떨궜다.

"겸사겸사 소생에게 위해를 가하지 않도록 아네트 공을 설득해 줬으면 하오."

"욕심부리지 마."

"아니, 이대로 가면 목숨이 위태롭소."

"다른 녀석한테 부탁하는 게 어때? 난 아네트랑 별로 안 친해."

『등불』에서 가장 강하다는 간판 때문에 모니카를 의지한 것 같지만, 아네트에 관해서는 힘이 되어 줄 수 없었다. 그녀의 폭주를 막을 수 있는 사람은 사라와 클라우스뿐이다.

란은 얼굴을 찌푸렸다.

"이야~ 요즘 『등불』 사람들이 소생에게 쌀쌀맞아서……."

"쌀쌀맞다고? 다른 녀석들도?"

몰랐다.

『등불』의 소녀들은 입으로는 돌아가라고 계속 외치지만, 이러니 저러니 해도 『봉황』과 사이좋게 지내고 있었다. 괜히 쑥스러워서 배

척하는 것이었다. 진심으로 『봉황』을 귀찮게 여기는 사람은 없다는 것이 모니카의 인식이었다.

"이상하단 말이지. 소생도 필사적으로 친해지려고 하는데."

란이 팔짱을 끼고 있으니 마침 현관에 한 소녀가 나타났다.

"오오, 지비아 공."

란이 미소 지었다.

야수 같은 탄탄한 체구와 늠름한 눈을 가진 백발 소녀—『백귀』 지비아였다.

"오늘도 늠름하구려. 이야~ 웬만한 갱 뺨치는 날카로운 눈빛! 이거 지비아 공의 아버지가 무슨 일을 하시는지 궁금할 지경이오!"

"……있잖아. 농담으로도 그런 말은 하지 마."

지비아는 혐오감을 드러내고서 떠났다.

그녀는 자신의 출신에 콤플렉스를 가지고 있는 듯했다. 모니카는 사정을 잘 모르지만, 『갱』을 싫어했다.

지비아의 모습이 안 보이게 되자 또 다른 소녀가 찾아왔다.

"오오, 릴리 공 아니오."

란이 크게 손을 흔들었다.

풍만한 가슴과 사랑스러운 얼굴이 특징인 은발 소녀—『화원』 릴리였다.

"하하! 오늘도 나이스 바디구려~ 그 커다란 가슴으로 미인계를 쓴다면 훌륭한 스파이가 될 것이 틀림없소!"

"저, 저는! 그런 방법에 의지하지 않고서 활짝 피어나는 스파이가 되고 싶은지라!"

릴리가 얼굴을 새빨갛게 만들고서 달려갔다.

그녀는 성적인 화제를 불편해했다. 특히 신체적 특징을 지적하는 것을 아주 싫어했다.

란은 슬퍼하며 어깨를 으쓱였다.

"보았소? 소생에게 쌀쌀맞다오."

아네트와 만난 직후 곧장 『꼬마』라고 불렀던 것이 생각났다. 모니카가 감추고 있는 연심을 도발했던 것도.

모니카는 경멸하는 시선을 보냈다.

즉, 란이라는 이 소녀는—.

"—남의 지뢰를 밟는 천재?"

"하오?"

란은 의아해하며 고개를 갸웃했다.

◇◇◇

—2년 전.

외딴 산속에 있는 폐옥에서 『선혹』 하이디는 손을 흔들고 있었다.

"그럼 돌아가야겠다. 사랑스러운 동생이 저녁밥을 차리고서 기다리고 있거든!"

묘하게 자랑하듯 말했다.

"헤어질 시간이네. 애들아, 이번 일로 학을 뗐다면 자퇴하는 것도 한 방법이야."

『선혹』은 끝까지 자비가 없었다.

뼛속까지 자기중심주의자인 그녀는 양성 학교의 학생에게 조금도 관심을 두지 않고 귀갓길에 올랐다. 머릿속에 있는 것은 저녁밥과, 출판사와 약속한 소설의 마감을 어떻게 어길지에 관한 생각뿐이었다.

자상한 것도 아니고, 엄격한 것도 아니고, 이면에 숨은 메시지가 있는 것도 아니었다. 그녀는 정말로 관심 없이 미숙한 스파이를 모멸하고, 그저 보스가 명한 미션을 수행했다.

하찮은 동정을 버린, 어떤 의미에서 완성된 스파이였다.

이에 좌절한 자는 많았지만—.

'저게 초일류 스파이인가.'

당시 15세였던 란은 기절했다가 깨어난 후, 나자빠진 채 눈을 반짝이고 있었다.

'전혀 당해 낼 수 없었어. 천재야!'

교관보다 뛰어난 기량에 감탄했다. 잘 만든 쇼를 본 듯한 기분이었다. 심장은 쿵쿵 뛰고, 온몸의 피가 뜨겁게 끓었다.

—당장 기숙사로 돌아가서 특훈을 하자.

그렇게 생각하고 일어났을 때, 옆에 청은발 소녀가 웅크리고 있는 게 보였다. 그녀는 고개를 숙이고서 가만히 바닥을 바라보고 있었다. 뒤통수만 보여서 표정도 얼굴도 알 수 없었다.

"이보쇼, 괜찮어야? 물 마실랑가?"

란은 말을 걸었다.

"……."

"무시냐. 암만, 마음은 이해허지만서도."

"……."

"먼저 가요잉. 이 연습은 이미 끝난 거겠제."

청은발 소녀는 꿈쩍도 안 하며 웅크리고 있었다. 완전히 의기소침해 있었다.

한숨을 쉰 란은 떠나면서 소녀의 어깨에 손을 얹었다.

"훌륭했어라. 끝까지 서 있던 사람이 그짝이었제? —천재랑께."

그 말은 청은발 소녀— 모니카의 마음을 깊이 후벼 팠다. 빗나가도 한참 빗나갔다며 분개했다. 그녀는 방금 막 재능이 바스러졌으니까.

모니카는 고개를 들지 않고 란의 손을 뿌리쳤다.

"……시끄러워."

"말대꾸할 기운이 있다면 충분허겠어."

미소 지은 란은 자리를 떴다. 결국 얼굴조차 마주하지 않았던 두 사람은 이 만남을 잊는다.

그로부터 얼마 지나지 않아 모니카는 일어난다.

두 다리에 힘을 주고, 비틀거리면서도 이윽고 똑바로 선다. 고개를 든다. 미약하게 신음을 흘리고서 다시 한번 걷기 시작한다. 괴롭게 입술을 깨물고서, 이윽고 힘차게 걷는다.

추상② 여자 모임

"여자 모임을 개최하겠어!"

"여자 모임 개최야~."

이제 있는 게 당연해진 『봉황』이 아지랑이 팰리스에서 자고 가게 된 심야, 갑자기 티아와 팔마가 즐겁게 선언했다. 홀의 소파 앞에는 이미 음료와 과자, 안주 등이 차려져 파티 준비가 갖춰져 있었다.

란과 큐르도 소파 주위에서 즐겁게 손뼉을 치고 있었다.

""""""어……?""""""

한편, 갑자기 불려 나온 릴리, 지비아, 모니카, 그레테, 사라는 곤혹스러운 표정을 짓고 있었다. 참고로 에르나와 아네트는 이미 취침 중이었다.

란이 고개를 갸웃했다.

"음? 『등불』 멤버의 반응이 굼뜨구려. 연애 얘기 같은 건 안 하는 것이오?"

"내가 해설할게."

티아가 자리에서 일어나 뻐기듯이 이야기하기 시작했다.

"애초에 『등불』은 여자의 비율이 높으니까. 클라우스 선생님은 부재할 때도 많고, 상시 여자 모임이나 마찬가지야. 그리고 무엇보다."

큰 한숨과 함께 말했다.

"『등불』의 연애 사정은, 풀 한 포기 나지 않는 황야 상태야."

"꼭 그렇게 표현해야 해?!"

지비아가 언성을 높였다.

티아 왈— 『등불』의 소녀들은 연애에 관심이 없는 건 결코 아니지만, 기본적으로 임무와 훈련 때문에 바쁘고, 밖에서 남성과 접촉할 기력도 없다고 했다. 일단 클라우스라는 남성이 근처에 있으나 「클라우스는 이미 그레테가 노리고 있다」라는 공통 인식이 있어서, 그레테 외의 사람은 기본적으로 그를 연애 대상에서 제외하고 있다는 것이다.

다른 소녀들은 뭔가 하고 싶은 말이 있는 것처럼 눈을 가늘게 떴다. 불만 있어 보이는 사람도 몇몇 보였다.

팔마는 쓴웃음을 지었다.

"하긴, 스파이니까~ 팔마도~ 원나잇 스탠드가 되기 일쑤려나~."

그러자 사라가 부끄러운 듯 쭈뼛쭈뼛 말했다.

"차, 참고로 『봉황』 멤버 간의 연애는……?"

""""있을 수 없어.""""

"전면 부정?!"

남자 셋 여자 셋인 팀이면서 그런 얘기는 전혀 없는 듯했다.

란이 절절하게 「사이가 꼬이면 어색해지니 말이오」라고 중얼거렸고, 팔마도 「맞아~」라며 동의했다.

"한 번이라도 같이 자면 말이지~ 여자는 몰라도 남자 쪽이 묘하게 어색하게 군단 말이야~ 진짜 이상해. 전날 밤에 실컷 어리광 부려 놓고서, 이튿날에는 묘하게 쿨한 척한다고 할까~."

"""""""……?"""""""

"「이 녀석 무슨 소릴 하는 거지?」라는 눈으로 보지 마."

연애 경험이 적은 『등불』의 소녀들이 의아해하며 고개를 갸웃해서, 팔마는 늘어지는 목소리로 유감을 표했다. 역시 연애 얘기는 미묘한 분위기가 되는지라, 평소처럼 밥이나 임무 얘기라도 하려던 차에—.

"아니!"

큐르가 새빨개진 얼굴로 외쳤다.

"나도 연애하고 싶어! 좀 더, 이렇게! 로맨틱하고 괜찮은 연애를!"

그 손에는 절반쯤 비워진 와인병이 들려 있었다. 어느새 꽤 많이 마신 듯했다. 즐겁게 일어나 천장을 향해 병을 들었다.

"좋았어! 클라우스 선생님한테 데이트 신청하고 올래!"

"과음하였군. 큐르 언니는 취하면 이런 느낌이오."

"그레테, 꽃병을 치켜들지 마."

홀 구석에 장식되어 있던 꽃병을 말없이 손에 드는 그레테를 티아가 황급히 달랬다. 유혈 사태가 벌어질 것 같았기에 「뭐, 괜찮아. 클라우스 선생님인걸」이라고 말했다.

그러는 동안 큐르는 의기양양하게 홀을 나가 2층으로 뛰어 올라갔다.

그리고 5분 후, 어깨를 떨구고서 돌아왔다.

「어땠어?」라고 팔마가 물었다.

「안 됐어」라며 큐르가 울상을 지었다.

역시나 패배한 듯했다. 클라우스는 상대도 해 주지 않은 것 같았다.

그걸 옆에서 본 릴리, 지비아, 모니카의 생각은 일치했다.

"'이 주정뱅이, 재미있어.'"

자신은 전혀 연애에 도전하지 않지만 타인의 연애에는 관심이 있다는 것이 『등불』 소녀들의 특징이었다. 구경꾼이 되었을 때야말로 진가를 발휘했다.

「나이스 파이트~」「재도전해 보자!」「나도 응원할게」라며 대충 격려했다.

「좋았어! 2회전 다녀올게!」라며 큐르가 힘차게 주먹을 치켜들었다.

다음 날 아침에 울고 싶어질 만큼 후회하게 된다는 것을, 그녀는 아직 몰랐다.

3장 case 크노

딘 공화국·제3의 도시 아랑크.

중세 후기부터 번성한 이 항구 도시는 딘 공화국과 다른 대국을 연결하는 현관으로서 발전해 왔다. 국방상의 이유로 내륙에 있는 리디츠가 수도로서 기능하지만, 발전 정도를 따지면 아랑크도 손색이 없었다. 상업 빌딩과 창고, 대학이 늘어서 있고, 주민과 관광객으로 북적거렸다.

아랑크의 특징은 다양한 인간이 모인다는 점이었다.

계층, 인종, 문화가 치우침 없이 뒤섞여 있었다.

부흥기에 무역으로 재산을 쌓은 해운 회사의 중역들이 있는가 하면, 그 밑에서 혹사당하는 항만 노동자도 있었다. 외국에서 찾아오는 사업가는 비싼 정장을 입고서 거리를 활보했고, 그런 남성을 타깃으로 삼는 풍속점에는 색향을 풍기는 여성이 모였다. 그렇게 잡다한 인간이 생기며, 제대로 된 복지도 받지 못하고 버려진 어린 아이와, 그런 아이들을 이용하는 갱단이 슬럼가를 형성했다.

항간에서 「전설의 스파이팀의 본거지가 있다」라는 소문이 돌 만큼 도시에는 중층적 문화가 형성되어 있었다. 많은 사람은 도시 전설로 치부하고 있지만, 나라의 치안을 위협하는 반사회적 조직이 간혹 경찰의 개입 없이 괴멸된다는 사실이 이야기의 신빙성을 높였다.

어쨌든 그런 아랑크의 골목을 한 소녀가 제 집처럼 걷고 있었다.

"나님은~♪ 착한 아이라서, 착실하게 착착착♪ 장을 봤어요♪."

『망아』 아네트였다.

종교 학교의 교복을 입고 양손에 종이봉투를 한가득 안은 그녀는 룰루랄라 트윈테일을 흔들면서 묘한 라임을 넣은 노래를 흥얼거리며 아랑크의 뒷골목을 나아갔다.

"응?"

그러다가 소녀는 발을 멈췄다.

뭔가를 발견한 듯 몸을 푹 숙이고 시선을 보냈다. 오른쪽 눈을 반짝반짝 빛내더니, 자기 몸이 더러워지든 말든 넙죽 엎드려서 대상을 주시했다.

"오오오오오오오오오오오오오오오오오오오오오오오오오!"

직후, 기뻐하는 목소리가 골목에 울렸다.

◇◇◇

『등불』과 『봉황』의 밀월 기간이 시작되고 2주가 지났다.

양 팀의 교류는 완전히 깊어졌다. 특히 『봉황』의 여성진은 아지랑이 팰리스에서 자고 가는 일도 많아서, 『등불』의 생활을 밤낮없이 침략하고 있었다. 낮에도 밤에도 시끌벅적하여, 좋은 의미로도 나쁜 의미로도 자극이 많은 생활이었다.

다만 여성진에 비해 『봉황』의 남성진은 『등불』의 소녀들과 일선을 긋고 있었다. 그들의 목적은 어디까지나 클라우스와의 훈련이었고, 교류는 덤이었다. 도중에 『등불』 소녀들을 훈련시켜 줄 때도 있지만, 그 이상의 개입은 없었다.

그러나 엮일 수 밖에 없을 때도 있었다.

같은 속성을 가진 자는 자력에 이끌리듯 끌린다.

◇◇◇

—아네트의 모습이 이상했다.

『등불』의 소녀들은 회분홍 머리 소녀의 변화를 감지했다.

평소에 아네트는 방에서 진묘한 발명품을 만들거나, 다른 멤버(주로 에르나)에게 장난을 치며 보냈다. 그녀의 행동 원리는 이해할 수 없지만, 대략적인 루틴에서 벗어난 적은 없었다.

하지만 최근 아네트는 빈번히 외출했다.

임무나 훈련 중에는 멤버들 사이에 섞여서 이해할 수 없는 언동을 반복하지만, 그게 끝나면 즉시 나갔다. 어디서 뭘 하는 건지, 얼마 지나 얼굴이 거뭇거뭇해져서 귀가했다. 그대로 욕조로 뛰어들어 몸을 씻어 낸 뒤에는 곧장 자 버렸다.

다른 소녀들은 걱정했다.

"으음~ 불온한 느낌이 들어요. 아네트가 가는 곳에 사건이 있어요."

릴리가 팔짱을 끼며 고개를 갸웃했다.

"……네. 어딘가에 민폐를 끼치고 있는 게 아니어야 할 텐데요."

사지가 가늘고 늘씬한 빨간 머리 소녀―『애랑』 그레테가 고개를 끄덕였다.

"솔직히 아네트가 걱정된다기보다 아네트가 찾아가는 곳이 더 걱정돼요."

"……폭약 같은 걸 설치한 게 아니라면 좋을 텐데요."

"에르나니까 아슬아슬하게 세이프인 거지, 일반인은 목숨을 잃을 만한 함정을 태연하게 준비하니까요. 아네트는."

"……하지만 만약 정말로 민폐를 끼치고 있다면 보스가 막겠죠. ……무엇보다 본인이 즐거워 보여요. 일단은 지켜보는 게 좋을지도 모르겠어요……."

두 사람은 아지랑이 팰리스의 복도를 걷고 있었다.

"애초에― 지금 저희에게는 우선해야 할 사항이 있으니까요!"

그렇게 결론을 정리한 릴리는 눈앞에 있는 문을 거칠게 걷어차고서 실내에 뛰어 들어갔다.

"―에잇! 『봉황』 고 홈!! 최근에는 너무 눌러앉아 있잖아요!"

담화실이었다.

아지랑이 팰리스에서 『봉황』이 거의 근거지로 쓰고 있는 방이었다. 푹신한 소파가 마련된 방에 『봉황』 멤버가 모여서 지도와 자료를 펼쳐 놓고 머리를 맞대고 있었다.

"시끄러워, 은발. 회의 중이야."

그 중심에 앉아 있는『비금』빈드가 귀찮다는 듯 대답했다. 릴리에게 시선을 주지도 않고 눈앞의 지도를 손끝으로 두드렸다.

"최근『타락론』녀석들이 아랑크로 거점을 옮긴 모양이라서. 우리의 작전 본부도 여기로 옮기기로 했어."

"……진짜 자유롭군요,『봉황』."

어이없어하는 그레테에게,『우금』팔마와『뜬구름』란도 즐겁게 손을 흔들었다.

"잘 부탁해~ 아, 과자도 먹고 있어~."

"역시 클라우스 공이 만든 과자는 훌륭하오."

"저희도 어쩌다 가끔 먹을 수 있는 선생님의 특제 피낭시에가아아아아아아아!!"

릴리가 비명을 지르듯 절규했다.

테이블 중앙에 황금색으로 빛나는 대량의 과자가 쌓여 있었다. 클라우스가 신경 써서 구워 준 것 같았다.

클라우스는『봉황』에게 영 물렀다.『등불』의 소녀들에게는 그것도 불만 중 하나였다.

"일일이 빽빽거리지 마."

항의하는 릴리를 제지한 빈드는 피낭시에 하나를 입에 넣었다.

"최근『타락론』의 활동이 과격해졌어."

또 피낭시에를 입에 넣었다.

"일반 시민에게 피해가 미치지 않도록 경계해야 해."

하나 더 입에 넣었다.

"우리도 바쁘단."

입에 넣었다.

"말."

입에 넣었다.

"이."

입에 넣었다.

"지."

"새침한 얼굴로 엄청나게 먹고 있어!!"

거만하게 굴고는 있지만, 『봉황』의 태도에서는 엘리트로서의 확실한 긍지와 사명감이 보였다. 릴리는 저도 모르게 「으으으」 하며 주먹을 움켜쥐었다.

"저, 저희도 휴가를 끝내고 방첩 임무에 힘쓰고 있거든요?"

"클라우스의 도우미 같은 임무 말이야? 고생이 많군."

"윽……."

"잘 보고 배우기나 해. 우리의 방식을."

릴리와 그레테는 아무 말도 못 하고 소파 한편에 앉았다.

무자이아 합중국에서의 임무 이후로 클라우스는 소녀들에게도 일을 배정해 줬지만, 『등불』에 들어오는 일은 난이도가 너무 높은 임무뿐이었다. 대부분은 클라우스가 수행했고, 소녀들에게 할당되는 일은 허드렛일이라는 느낌을 지울 수 없었다. 그리고 그것조차도 굉장히 힘겨웠다.

실제로 『봉황』의 임무를 옆에서 보는 것은 꽤 공부가 됐다.

그리고 『등불』의 소녀들이 배우려는 자세를 보일 때, 빈드는 절대 쫓아내지 않았다. 임무의 자료가 보이도록 슬쩍 몸을 틀어 줬다.

릴리와 그레테뿐만 아니라, 어느새 다른 소녀들도 점점 담화실에 모였다. 비좁아졌지만, 그것에 불만을 내비치는 자는 없었다.

"어라?"

회의를 옆에서 보기 시작한 릴리가 고개를 갸웃했다.

"그러고 보니 멤버 한 명이 부족하지 않아요?"

"크노 말인가."

빈드가 고개를 끄덕였다.

현재 담화실에 있는 『봉황』 멤버는 다섯 명뿐이었다. 또 한 명, 『개풍』 크노라는 남자가 있을 텐데, 회의에 참여하고 있지는 않았다.

가면을 쓴 몸집 큰 남자. 과묵하기도 해서 의문점이 많은 존재였다.

대체 어디 있는 걸까, 고개를 기울였다.

"몰라."

빈드가 무뚝뚝하게 대답했다.

"엥?"

"녀석은 마음대로 행동하고 있을 거야. 정보는 나중에 공유해."

내치는 듯한 말투였다.

다른 『봉황』 멤버도 「뭐, 크노 군은 괜찮아요♪」 「맞아~ 언젠가 올 거야~」라며 저마다 말했다.

예상치 못한 반응이었기에 릴리는 눈을 동그랗게 떴다.

—크노는 『봉황』에서 고립되어 있는 걸까?

그 의문을 헤아렸는지 『고익』 큐르가 「그게 말이지」라며 두둔하듯 가르쳐 줬다.

"딱히 심술부리고 있는 건 아니야. 크노 군은 원래 혼자 움직이고 싶어 하는 타입이거든."

"아, 그렇군요. 집단행동을 싫어하나 봐요."

"응. 하지만 실력은 아주 뛰어난 기술자야. 부탁하면 뭐든 만들어 주고, 벽이나 천장을 파괴하는 공작은 출중해. 조금 과묵하지만."

"흐에~."

아무튼 크노라는 남자는 특수한 위치인 것 같았다. 빈드 일행도 억지로 친해지려고 하지 않을 뿐, 거부하고 있는 건 아닌 듯했다.

릴리가 납득하고 있으니 옆에서 그레테가 중얼거렸다.

"……『등불』에도 비슷한 분이 있죠."

"음?"

"……독립적으로 움직일 때가 많은 기술자."

그 말을 듣고 퍼뜩 깨달았다.

그랬다. 『봉황』의 크노와 똑같은 위치에 있는 멤버가 『등불』에도 있었다. 임무 중에 때때로 혼자 활동하고, 생각지 못한 성과를 얻어 돌아오는 소녀가.

"여하튼."

빈드가 담담히 말했다.

"나라를 위해 움직이는 거라면 마음대로 굴어도 돼."

일견 차갑게 느껴지는 말이었다.

하지만 그게 신뢰의 반증이라는 것을 이제 『등불』의 소녀들도 알았다.

◇◇◇

아네트는 골목을 달리고 있었다.

이상해하는 다른 소녀들의 시선을 받으며 오늘도 아지랑이 팰리스를 빠져나온 그녀는 기운차게 팔을 흔들며 달려갔다.

큰길의 번잡함에서 벗어나는 방향으로 쭉쭉 나아가니 성 풍속점이 즐비한 거리가 나왔다. 가게 뒤편에는 더러운 개천이 흐르고 있었다. 도시의 오수를 받아 바다로 보내기 위한 수로였다. 이취가 진동했고, 지저분한 쥐와 벌레가 돌아다니고 있었다.

아네트는 사람이 드나들지 않는 개천으로 즐겁게 다가갔다.

"나님이 먹이를 가져왔어요!"

그녀는 활짝 웃었다.

개천과 연결된, 사람이 들어가면 안 되는 가느다란 하수관 안에 검은 고양이가 한 마리 있었다.

꾀죄죄하다고 표현할 수밖에 없는 고양이였다.

검은 털은 하수의 기름과 흙탕물에 찌들어서 기분 나쁘게 번들거렸다. 어둠 속에서 빛나는 눈도 퉁퉁 부은 눈꺼풀에 덮여서 귀엽지 않았다. 얼굴 전체가 어딘가 건방져 보였다.

"나님! 처음 봤을 때 느낌이 딱 왔어요! 네 이름은 올리브예요!"

아네트는 고양이 앞에서 허리에 손을 얹고 우뚝 섰다.

올리브라고 불린 고양이는 미동도 하지 않았다.

"나님이 인정해 줬으니까 나님에게 고마워하세요!"

의기양양하게 웃은 아네트는 가져온 펫푸드를 하수관에 던졌다.

하지만 올리브는 움직이지 않았다.

"……우우."

매정한 태도에 아네트는 뺨을 부풀렸다. 토라진 것처럼 입술을 삐죽인 후 고형 사료를 몇 번 던졌지만, 올리브는 쳐다보지도 않았다. 일순 코를 실룩거렸으나 그뿐이었다.

—그랬다. 아네트가 빈번히 외출하는 목적은 이 고양이였다.

그녀의 심금을 강렬하게 울리는 것이 있었던 듯했다. 처음 본 순간부터 아네트는 해가 저물 때까지 올리브에게 말을 걸었다. 이제는 시간이 나면 개천까지 와서 검은 고양이와 스킨십을 꾀했다.

처음에는 포획용 그물을 지참했었지만, 바로 고양이가 도망가 버리는 일이 계속되어서 포기했다.

고양이는 언제나 쌀쌀맞은 태도였다.

아네트가 펫샵에서 일부러 사 온 먹이에도 관심을 보이지 않았다.

"나님! 네가 좋아할 만한 장난감을 준비했어요!"

아네트는 기죽지 않고 치마에서 막대기 형태의 기구를 꺼냈다.

솜털 같은 털실 다발이 나왔다가 들어갔다가 하는 구조였다. 고양이가 좋아할 만한 것을 그녀 나름대로 조사했다.

그걸 들고서, 아네트는 슬금슬금 올리브에게 다가갔다.

"……아니. 그걸로는 고양이를 놀라게 할 뿐이다."

굵직한 목소리가 무겁게 울렸다.

아네트 뒤에 어느새 거한이 나타나 있었다. 팔다리의 두께가 아네트의 두 배 이상인 거구였다. 꺼림칙한 하얀 가면을 쓰고 있었고, 서 있기만 해도 자연스럽게 겁을 주는 위압감이 있었다.

아네트의 퇴로를 막듯 개천의 수로를 가로막고 있었다.

"넌 뭐죠?"

"……『망아』 아네트. 이 골목에 접근하지 마라. 얼마 안 있어 이곳은 위험 지대가 된다……."

가면 쓴 남자는 엄중한 음성으로 고했다.

"그리고— 이 고양이는 너를 따르지 않는다."

아연해하는 아네트의 반응을 기다리지 않고, 남자는 떠났다.

그가 사라진 후, 아네트는 정신을 추스르고 만들어 온 장난감을 작동시켰지만, 검은 고양이는 즉시 몸을 돌려 하수관 안쪽으로 사라졌다.

가면 쓴 남자가 예언한 대로의 결과였다.

『망아』 아네트와 『개풍』 크노는 그렇게 만났다.

◇◇◇

포획 작전, 펫푸드 작전, 장난감 작전까지 연달아 실패한 아네트는 그날 밤, 저택 밖에 있는 축사를 찾아갔다.

"사라 누님! 나님, 고양이가 어떤 먹이를 먹는지 알고 싶어요!"

『등불』에서 동물을 자세히 아는 소녀라면 한 명밖에 없었다.

『초원』 사라. 다양한 동물을 돌보는 그녀는 아네트의 질문에 즉답했다.

"고양이요? 음…… 우유는 어떨까요?"

"오오! 우유라면 냉장고에 잔뜩 준비되어 있어요!"

"네. 아, 확실하게 고양이용 우유를 준비해 주세요. 줄 때는 피부 온도만큼 데워서 주고요. 배탈이 날지도 모릅다."

답을 다 들은 아네트는 즉시 몸을 돌리더니 「나님! 보온성이 뛰어난 물통을 발명할래요!」라고 선언하고서 축사를 떠났다.

사라는 눈부신 것을 보듯 눈을 가늘게 뜨고서 아네트를 배웅했다.

그때, 새로운 인물이 축사를 찾아왔다.

"어딘가에서 야생 고양이랑 놀고 있는 모양이야."

『등불』의 보스, 클라우스였다. 그는 아네트가 떠난 방향을 보았다. 아네트의 모습이 이상하다는 것은 당연히 그도 알고 있었다.

"그런가 봅다."

사라는 살포시 웃었다.

"아네트 선배, 최근 뒷골목 쪽에 빈번히 다니고 있는 것 같습다."

"네가 직접 도와주지는 않는 건가? 고전 중인 것 같은데."

사라에게는 『조교』라는 특기가 있었다. 웬만한 동물은 훈련을 쌓아서 자유로이 말을 듣게 할 수 있었다. 고양이를 길들이는 것 정도는 간단할 터다.

"네, 그러고 싶은 마음은 굴뚝같지만요."

클라우스의 질문에 사라는 쓴웃음을 지었다.

"하지만 아네트 선배가 키와 공작 말고 다른 것에 관심을 가진 건 처음이니까, 일단은 지켜보기로 했습니다. 이것도 중요한 공부입니다."

"……역시 보호자답군."

정서 교육인 모양이다.

아이를 대하는 듯한 사라의 태도에 클라우스는 「—극상이야」라고 코멘트했다.

◇◇◇

한번 만난 이후로 크노는 개천에서 아네트 앞에 자주 모습을 드러내게 되었다.

"나님! 너랑 만나고 싶지 않아요! 돌아가 버려요!"

"……아니. 이곳이 내 일터다."

아네트가 외쳤으나 크노는 상대하지 않았다. 어이없다는 목소리로 「……몇 번이나 말했지만, 이곳은 위험하다. 조만간 전장이 될 거다……」라고 성실하게 경고했다.

아네트는 귓등으로도 안 듣고, 개천 근처에서 검은 고양이의 모습을 찾아 자신을 좋아하도록 획책하고 있었다. 사라가 가르쳐 준 우유는 일정 수준 이상으로 올리브의 관심을 끄는 데 성공했으나,

결국 우유가 따라진 그릇에 다가오지는 않았다.

이날 아네트는 다른 수법을 시도하고 있었다.

개천의 수로에 가느다란 실을 설치하고 주변에 있는 기둥과 콘크리트에 걸어서 그물 같은 것을 만들어 나갔다. 그녀의 손가락은 섬세하게 움직여, 고양이가 지나다닐 일대를 순식간에 포위해 나갔다.

그 모습을 크노는 미동도 없이 바라보고 있었다.

"……의문. 이건 뭐지?"

"나님 특제 함정이에요! 건드리면 바로 포박해요!"

아네트는 생글거리며 대답했다.

다루기 편한 이 실은『봉황』멤버 중 한 명인『뜬구름』란에게서 강탈한 것이었다. 란은 끝까지「너, 넘기지 않을 것이오!」라며 저항했으나, 아네트가 전동 드릴을 준비하기 시작하자 넙죽 엎드려 눈물을 머금고 헌상했다.

크노가 품에서 가위를 꺼내 실을 잘랐다.

"……아니. 그만둬라."

"무슨 짓을?!"

"……먹이를 두고 자리를 피해라. 저 고양이는 경계심이 강하다. 이 정도 함정에는 걸리지 않는다."

크노의 말에 아네트는 불만스러운 듯 눈썹을 찡그렸다.

하지만 지난번에 크노가 고양이의 행동을 맞혔던 것을 기억하는 모양이었다. 토라진 듯 입매를 비틀고서 데운 우유를 그릇에 따르고, 그걸 콘크리트 하수관 앞에 두고서 일단 개천에서 멀어졌다.

크노는 개천 주변의 골목을 자세히 알았다. 그의 안내를 따라 폐허 같은 목조 주택에 갔다.

그가 현재 쓰고 있는 은신처인 것 같았다. 창문으로 개천의 모습을 확인할 수 있었다.

아네트는 쌍안경을 꺼내 잡아먹을 듯이 바라보았다.

올리브라고 명명된 검은 고양이는 숨어 있던 하수관에서 나와 있었다. 주변을 경계하듯 고개를 돌리며 제방에 놓인 그릇으로 다가갔다. 그릇 주위를 빙글빙글 돈 후, 독이 있나 확인하듯 혀로 우유를 살짝 건드리고, 이윽고 맛있게 우유를 핥아 먹었다.

"오오!!"

아네트가 환호성을 질렀다.

아네트가 준 것을 처음으로 받았다.

즉시 창밖으로 뛰쳐나갔다. 위태위태하게 담장을 타고 서둘러 고양이 곁으로 달려갔다.

우유에 빠져 있던 고양이가 고개를 들더니 아네트를 보자마자 몸을 돌려 하수관 안으로 휙 사라졌다.

개천에는 아네트만 남겨졌다.

"나님! 저 녀석은 배은망덕하다고 생각해요!"

화난 듯한 목소리가 울렸다.

이리하여 올리브 포획 작전은 또 실패로 끝났다.

아네트는 어깨를 떨궜지만, 그래도 우유를 먹어 준 것이 기뻤는지 그릇에 우유를 가득 부었다. 그리고 슬픈 눈으로 주위를 둘러

보고, 올리브가 없음을 확인하고서 다시 개천 옆에 있는 목조 주택으로 돌아갔다.

아네트는 뺨을 부풀리며 창가에서 쌍안경을 들었다.

올리브가 개천에 돌아와 있었다. 사람이 없음을 확인하듯 주위를 어슬렁거린 후, 우유를 먹기 시작했다.

"올리브 녀석, 나님이 근처에 있으면 우유를 안 마시는 거군요!"

아네트는 입을 삐뚜름하게 만들고서 쌍안경을 내렸다.

"……아니. 다시 한번 말하겠다."

크노가 낮은 목소리로 고했다.

"……저 고양이는 너를 따르지 않는다. ……시시한 바람은 버려라……."

"우우."

"……너는『혈족』이다."

아네트는 고개를 갸웃했다.

"그게 뭐죠?"

크노는 가까이 있는 의자를 끌어당겨 느긋하게 앉았다. 오래된 의자는 앉는 위치를 바꿀 때마다 삐걱삐걱 소리를 냈다.

그는 천천히 이야기하기 시작했다.

"……세계가 격동에 빠지는 시대에, 극심한 스트레스를 받은 모체는 간혹 비틀린 아기를 낳는다. 유전자 돌연변이라고 해야 할까. 세계에 사악이 태어난다. 학살을 되풀이하는 독재자, 엽기적 살인범— 사람이라는 종을 멸망시키는 이분자…… 그것이 바로『간사

한 혈족』이다…….”

크노는 조용한 목소리로 고했다.

“『망아』 아네트— 너는 『혈족』 중 한 명이다……. 그것도 한없이 순혈에 가깝다.”

아네트는 무표정했다.

그녀는 4년 전에 기억을 잃었다. 자신이 아네트의 엄마라던 마틸다라는 여성과 한 번 만났지만, 불쾌했기에 폭사시켰다. 사실 그 마틸다도 친엄마는 아니었지만.

자신의 출신 따위 전혀 모르고, 관심도 없었다.

“나님! 네가 하는 말이 무슨 뜻인지 모르겠어요!”

“……아니. 『혈족』이라면 『혈족』을 알 수 있다.”

크노는 자신의 가면을 잡아 살짝 기울였다.

『봉황』 멤버에게도 항상 숨기고 있는 민낯을 아네트에게만 보여줬다.

“나도 『혈족』이다. 너와는 비교도 안 될 만큼 피가 옅지만.”

“…….”

아네트는 여전히 무표정했다. 고요한 오른쪽 눈으로 그를 응시하고 있었다.

크노는 가면을 원래대로 되돌렸다.

“……동족이 건네는 조언이다. 고양이는 사람의 선악에 민감하다. 결코 너를 따르—.”

“구린내가 나요!”

아네트는 쿠노의 말을 막고 혀를 내밀었다.

"불쾌해요! 피비린내 풍기는 살인귀가 잘난 듯이 나불거리지 마요."

"……그걸 알 수 있다는 것이 바로 네가 『혈족』이라는 증명이다."

크노는 안타깝다는 듯 고개를 가로저으며 일어났다. 그의 재킷 끝단에 피 같은 검붉은 것이 묻어 있었다.

"경고한다……. 『망아』 아네트, 자신을 바꿔라. 자신의 운명에 저항해라."

그는 떠나면서 당부했다.

"그러지 않으면— 너는 아무것도 얻을 수 없다."

◇◇◇

눈 깜짝할 사이에 사흘이 지났다.

아네트는 매일같이 개천에 다니며 우유를 그릇에 붓고 자리를 피하기를 반복했다. 올리브는 아네트가 모습을 감추면 먹이를 먹어 줬기에 캣푸드도 그릇에 담았다.

올리브는 남김없이 먹어 치웠다.

의외로 식욕은 상당히 있는 듯했다.

빈 그릇을 보고 아네트는 기뻐하며 웃었지만, 올리브는 여전히 아네트가 다가가면 도망쳐 버렸다. 그럴 때는 아네트도 표정이 어두워졌다.

사정을 헤아리기 시작한 『등불』의 소녀들도 아네트를 응원했다.

사라의 의향을 존중하여 직접적으로 지원하진 않았지만, 임무를 수행할 때 아네트가 시간을 낼 수 있도록 배려했다. 그녀가 움직일 수 있는 시간대에 상점이 문을 닫는 경우에는 대신 누군가가 우유를 사러 갔다. 고양이 사육에 관한 책을 사 준 사람도 있었다.

아네트는 「나님, 감사해요!」라고 인사하고서 개천에 다녔다.

그러는 동안 크노는 모습을 보이지 않았다.

골목 안쪽을 걷고 있는 모습을 딱 한 번 봤는데, 크노의 재킷에는 새로운 피가 묻어 있었다.

◇◇◇

한편 『봉황』의 임무도 착실하게 진행되고 있었다.

밤 여덟 시, 크노를 제외한 멤버 다섯 명은 항구 부근의 공장으로 향했다.

주로 금속을 가공하는 공장이었다. 창고도 겸한 건물에는 선반기 등의 기계류가 놓여 있었고, 안쪽에는 목제 컨테이너가 천장까지 쌓여 있었다. 관청에 신고한 서류에는 외국에서 수입한 물건을 가공하여 국내 기업에 판매하는 업자라고 되어 있었다.

신문 기사에 따르면 지난달 폭발음 소동이 일어났는데, 지역 경찰이 확인한바 단순한 기계 오류로 정리됐다고 한다.

『봉황』은 그 기사의 위화감을 놓치지 않았다.

다섯 엘리트는 공장의 문을 따고 당당히 침입했다.

"응, 역시 이상해~."

제일 먼저 눈치챈 사람은 팔마였다. 그녀는 요염하게 입술을 핥고서, 늘어선 기계를 가리켰다.

"선반기랑 보르반의 배치가 좀 이상해~ 보통은 이렇게 가까이 두지 않아~ 쇳조각이 날려서 작업자가 맞을 테니까~ 빅스 군?"

"예이예이♪ 알겠습니다♪."

생글거리며 대답한 사람은 온화한 미소를 머금은 잘생긴 남자―『상파』 빅스였다. 그는 사람 키를 훌쩍 넘는 거대한 기계를 괴력으로 간단히 치워 나갔다.

기계가 치워지자, 공장의 바닥이 푹 파여 있는 것이 보였다.

사방 1미터 가까이 되는 구덩이에는 쇠파이프가 깔려 있었다.

"이 쇠파이프, 라이플링 흔적이 있어~."

"네, 즉석 도구로 총을 만드는 것― 역시 양성 학교에서 배운 스킬이에요♪."

이번에 『봉황』이 알아낸 곳은 범죄 조직 『타락론』의 총기 공장이었다. 그들이 자신의 무기를 만들면서 그걸 갱단에 판매하고 있다는 사실이 판명되었다.

증거를 확보하는 멤버 곁에서 『고익』 큐르는 자신의 귀에 손을 대고 있었다.

"있잖아, 빈드―."

"시시해."

줄곧 따분한 표정을 짓고 있던 빈드가 한숨을 쉬었다. 바지 주머니에 넣고 있던 양손을 천천히 뺐다.

"적이 있다는 것 정도는 말 안 해도 알아. 마침내 각오를 다졌나."

그의 양손에는 이미 단검 두 자루가 들려 있었다.

"코드 네임 『비금』— 물어뜯는 시간이 되어라."

모습이 사라졌다—고 오인할 만한 속도로 도약한 빈드는 늘어선 선반기 위를 이동해 순식간에 공장의 벽에 도달했다.

『타락론』 멤버인 것 같은 두 소년이 권총을 들었으나 너무 늦었다. 그들이 총을 겨눴을 때, 빈드의 단검은 두 사람의 어깻죽지를 동시에 도려내고 있었다.

반대쪽 벽 부근에서는 경기관총을 꺼낸 소녀가 나타났다. 인간 따위 간단히 죽일 수 있는 고화력 총기였다. 이런 점에서도 『타락론』의 위험도가 엿보였다.

하지만 역시 상대가 안 좋았다.

소녀가 경기관총을 쏘기 전에, 피아노선 같은 가늘고 탄력 있는 실이 목에 감겼다. 『뜬구름』 란이 감은 것이었다. 「상대가 소생이라 다행이오. 죽이지는 않겠소」라는 기운 빠지는 어미를 들으며, 소녀는 의식을 잃었다.

그 밖에도 숨어 있던 『타락론』 인간들은 빅스가 민 선반기에 팔이 눌리거나, 팔마의 속삭임에 의해 자기들끼리 싸웠다.

"……동쪽에 두 명 더…… 서쪽에 한 명……은 방금 빈드가 해치

웠네…….”

공장 중앙에서는 큐르가 항시 전황을 확인하여 적의 위치를 동료에게 전했다.

이윽고 그녀는 크게 고개를 끄덕였다.

“……응, 이제 끝. 생각보다 많았어.”

싸움은 일방적인 유린으로 순식간에 끝나고, 공장은 정적을 되찾았다.

전투를 수행한 멤버들이 큐르 곁으로 집합했다.

빅스가 호리호리한 소년 한 명을 질질 끌고 왔다. 소년은 알몸이었다. 빅스의 괴력에 옷이 찢어진 듯했다. 실오라기 하나 걸치지 않고 잔뜩 겁을 먹은 소년은 팔마에게 넘겨졌다. 팔마는 요염한 미소를 짓고서 소년의 살갗을 어루만지며 「그럼 팔마 없이 살 수 없도록 이 아이의 뇌를 쾌락으로 덮어씌우고 올게~」라며 웃더니, 그를 수레에 태우고서 선반 뒤편으로 데려갔다.

잠시 후 소년의 망측한 소리가 울렸다. 큐르와 란은 살짝 부끄러운 듯 고개를 숙였다.

“꽤 몰아넣었네요♪.”

빅스가 빈드를 향해 웃었다.

“간부가 각개 포박당해서 상당히 초조해졌겠죠. 이 공장으로 유인하여 거의 총력으로 『처형인』을 죽인다는 도박에 나섰어요. 하지만 결과는 참패. 남은 건 수령과 간부뿐♪ 근데 왜 그렇게 표정이 안 좋아요?”

"……시끄러워."

빈드는 귀찮다는 듯 빅스와 거리를 뒀다.

"이 공장에는 총의 완성품이 없어. 이미 매각한 것 같아. 갱단의 손에 넘어가서 무고한 시민에게 피해가 미칠 걸 생각하면 역겨워."

"흐응~ 역시 신경 쓰는군요♪ 우리 위대한 보스는♪."

"당연해. 우리의 역할은 나라를 지키는 거야."

"뭐, 걱정하지 말아요♪ 총이 유출된 곳을 찾았다고 크노 군에게 이미 보고를 받았거든요♪ 크노 군이 그 갱단을 경계하고 있어요."

빈드는 얼굴을 찌푸렸다.

"……그 보고는 나한테까지 안 올라왔는데?"

"네♪ 제가 말을 안 했으니까요♪."

"왜 안 했지?"

"어라? 해 줬으면 했나요?"

빈드와 빅스가 서로를 노려보며 불똥을 튀겼다.

빈드의 손은 가볍게 움직여 빅스를 때리기 직전이었다. 빅스도 맞받아치려는 듯 다리를 살짝 벌렸다.

대립하는 일이 많은 두 사람이었다.

주로 빅스가 싸움을 걸었다. 둘 다 우수한 무투파 스파이라 양보할 수 없는 부분이 있는 듯했다.

하지만 한층 큰 소년의 목소리가 들리자, 두 사람은 흥이 깨진 것처럼 떨어졌다.

"애들아~ 들어 봐~ 최속 기록 경신이야~."

팔마가 즐겁게 웃으며 선반 뒤에서 나타났다.
“저 애, 개시 4분 만에 팔마를 『엄마』라고 했어~ 빠르지~? 하지만 다른 쪽으로도 빠른 아이였던지라, 최종적으로 귀엽게 울면서 최고 간부의 정보와 함께, 마구 흔든 콜라 같은 기세로 정—.”
““말하지 마.””
두 남자가 진심으로 싫다는 듯 말했다.
이리하여 『봉황』은 한 걸음 더 『타락론』 괴멸에 다가갔다.

참고로 『봉황』이 순식간에 적을 제거하고 정보를 알아내고 있을 때—.
“““““““흐에~”””””””
견학 중이던 『등불』의 소녀들은 한편에서 그저 감탄하고 있었다.

◇◇◇

『봉황』과 『등불』 멤버 대부분이 공장에 있을 무렵, 사라는 한발 먼저 아지랑이 팰리스로 돌아와 축사에서 일하고 있었다.
추운 밤이었다.
축사의 동물들이 감기에 걸리겠다고 판단한 그녀는 동료에게 양해를 구하고서 빠져나와, 동물들을 실내로 이동시키고 있었다. 쥐를 한 마리씩 양손으로 감싸 케이지에 넣었다.
“사라 누님!”

그러는 중에 아네트가 뛰어 들어왔다. 다급한 얼굴로 찾아온 그녀는 창고에 있는 동물용 담요에 돌격했다.

"어? 무슨 일임까?!"

"나님! 담요를 뺏어 갈게요!"

그대로 아네트는 품에 다 들어오지도 않을 만큼 많은 담요를 껴안고서 비틀거리며 축사에서 뛰쳐나갔다.

"올리브가 기운이 없어요! 나님, 급해요!"

"아아, 잠깐……!"

사라가 말을 걸려고 했지만, 쥐들이 추운 듯 떨며 옷에 파고들었다. 쥐들을 케이지에 넣느라 벅차서 아네트를 잡을 타이밍을 놓치고 말았다.

◇◇◇

품에서 떨어진 담요는 버리고, 아네트는 서둘러 골목으로 갔다.

아까 개천에서 누워 있는 올리브를 목격했다. 검은 고양이는 전에 없이 얌전한 모습으로, 아네트가 만지지 못하도록 하수관 안쪽에서 가만히 웅크리고 있었다.

명백하게 기운이 없었다.

평소처럼 우유와 캣푸드를 그릇에 담고서 자리를 피해도 먹으러 오지 않았다. 평소 같았으면 왕성한 식욕으로 남김없이 해치웠을 것이다. 생선 통조림이나 우유 등 물품을 바꿔 봐도 반응은 똑같았다. 황급히 담요를 가지러 아지랑이 팰리스로 돌아갔다.

약과 담요를 품에 안고서, 아네트는 늘 다니던 골목에 도착했다. 가로등 불빛도 미치지 않는 어둠 속. 건물 틈을 누비듯 나아가 곧장 개천으로 향했다.

"응……?"

도중에 아네트는 발을 멈췄다.

골목 안쪽에서 총성이 들려왔다. 간헐적으로 계속 울렸다. 총격전이 벌어지고 있는 것 같았다. 풍속점에서 일하는 듯한 여성이 비명을 지르며 큰길 쪽으로 달려갔다.

아네트가 우두커니 서 있으니, 건물 뒤쪽에서 인상이 좋지 않은 남자가 튀어나왔다.

손에는 조잡하게 만들어진 권총을 들고 있었다.

남자는 뭔가로부터 도망치듯 필사적인 형상으로 달려왔다. 아네트와 충돌할 것 같았다.

"비켜, 망할 꼬맹이!"

남자가 아네트와 부딪치기 직전에, 건물 위쪽에서 거대한 것이 내려왔다.

크노였다.

아네트를 지키듯 막아선 그는 남자의 돌진을 정면으로 막고, 그 안면을 커다란 손으로 잡았다.

"코드 네임 『개풍』— 짖어 숨을 시간……."

가느다란 기계가 크노의 손을 휘감고 있었다. 각 손가락을 보강하는 기계인 것 같았다. 그의 손은 바이스처럼 남자의 얼굴을 고정했다.

"그런가, 너냐—."

남자는 크노를 보더니 혀를 찼다.

"네가 바로 갱을 죽이고 다니는 별난 살인귀냐……!!"

"……옳다."

크노가 말한 직후, 남자의 안면은 과실이 분쇄되듯 으스러졌다. 크노의 강화된 손가락이 으스러뜨린 것이다. 피가 튀어 크노의 재킷이 더러워졌다.

"……왜지?"

크노가 뒤돌았다.

"……이곳에 오지 말라고 몇 번이나 말했을 텐데?"

"대체 무슨 일이 일어나고 있는 거죠?"

"……전장이 되었다. ……『타락론』 녀석들이 유출한 총이 갱단 간의 항쟁을 일으켰다……. 손쓸 수 없다……."

크노는 얼굴이 으스러진 남자가 들고 있던 총을 주웠다.

"……서슴없이 시민에게도 위해를 가하는 족속은 이미 죽였다. ……피난도 끝냈다. 이제 갱단끼리 무의미하게 서로를 죽이는 일만 남았는데……."

아네트는 크노의 옆을 지나쳐 달려 나갔다.

"나님! 올리브가 걱정돼요!"

"……아니. 조금은 남의 말을 들어라."

일단 뛰기 시작한 아네트를 막을 수 있는 사람은 없었다.

아네트는 발포음과 비명이 간헐적으로 울려 퍼지는 골목을 달렸다. 길에 나뒹구는 시체를 뛰어넘고, 2층 창문에서 여성이 떨어지든 말든 신경 쓰지 않고, 빗나간 총알이 트윈테일의 오른쪽 갈래를 만드는 머리끈을 날려 버려도, 아네트는 멈추지 않았다.

아네트가 숨을 헐떡이며 달리는 것은 보기 드문 일이었다.

그 얼굴에는 늘 자리 잡고 있던 경박한 웃음이 없었다.

다른 갱이 길을 막아섰다. 질주하는 아네트를 적대 조직의 습격자로 여긴 걸까. 그가 쏜 총알은 트윈테일의 왼쪽 머리끈을 날렸다. 재차 그가 총구를 겨눴을 때, 뒤쫓아 온 크노가 정확히 사격했다.

아네트는 개천에 다다를 때까지 속도를 늦추지 않았다. 그저 일심불란히 발을 계속 움직였다.

그리고 검은 고양이를 처음 봤던 수로의 분기점에 도착했다.

올리브는 피바다에 누워 있었다.

어깻죽지와 가랑이에서 피가 나고 있었다. 유탄이 날아왔는지, 올리브의 어깻죽지에 빨간 살과 뼈에 박힌 총알이 보였다.

아네트는 품에 가득 안고 있던 담요를 떨어뜨렸다.

"올리브……."

고양이의 이름을 부르며 그 몸을 만졌다.

"……오늘은, 나님한테서 도망 안 쳐요?"

검은 고양이는 아네트의 품에 안겼다.

이미 숨이 끊어져 있었다.

체온은 남아 있지만, 혼은 몸에서 빠져나가 있었다. 아네트는 몇 번이나 몸을 흔들었으나, 그 눈에 빛이 돌아오는 일은 없었다.

"올리브으……."

아네트는 희미한 신음을 흘리며, 검은 고양이의 사체에 얼굴을 눌렀다. 고양이의 몸에서 흐르는 피를 묻히듯이 얼굴을 연신 문질렀다.

크노도 개천까지 쫓아와 있었지만, 건넬 말이 떠오르지 않는지 그저 서 있었다.

발포음은 여전히 그치지 않았다.

갱들의 항쟁은 계속되고 있었다.

크노는 알고 있었다. 이 싸움 자체가 『타락론』 수령의 선동으로 일어난 것이었다. 『타락론』의 수령은 시제품 권총을 팔아넘기기 위해 헛소문을 퍼뜨려서 갱단 간의 대립을 부추겼다.

—무의미한 투쟁이었다.

—전혀 가치가 없는 싸움이었다.

그때, 개천에 새로운 남자가 나타났다. 조잡한 권총을 움켜쥐고 있는 것을 보아하니 갱단 사람인 것 같았다. 「너희는 누구지?」라며 총구를 겨누고서 아네트와 크노를 위협했다.

아네트는 올리브에게서 얼굴을 떼고 남자를 보았다.

남자는 비명을 질렀다. 소녀의 얼굴에 새빨간 피가 덕지덕지 묻어 있었기 때문이다.

"너, 넌 뭐야……?"

"너희 때문에."
아네트가 중얼거렸다.
"올리브가……."
"올리브?"
남자는 의아한 듯 고개를 갸우뚱했으나, 아네트가 안고 있는 존재를 보고서 코웃음 쳤다.
"난 또 뭐라고. 평범한 고양이잖아."
"……."
"아는 사람이라도 죽었나 했네. 하! 이쪽 세계의 주민이 아니라면 볼일 없어. 냉큼 큰길로 꺼—."
"나님, 구별이 안 돼요."
"엉?"
"나님, 사람과 고양이의 차이를 모르겠어요. 뭐가 다르죠?"
남자는 입을 헤벌리고서 아네트를 보았다. 말을 이해할 수 없다는 듯 눈썹을 찌푸렸다.
대화가 성립할 리 없었다. —아네트와 남자는 뇌의 구조가 다르다.
"만약 고양이를 죽여도 되는 거라면—."
아네트는 오른손으로 올리브를 안은 채, 왼손을 뻗었다.
"—사람도 죽여도 되는 거죠?"
그리고 살육이 시작되었다.

◇◇◇

아랑크에서 갑자기 발생한 갱단 간의 항쟁은 밤 아홉 시에 끝났다.

크노의 수고로 민간인 사상자는 없었으나 갱 사상자는 쉰 명을 넘어 큰 뉴스로 보도되었다.

지역 경찰이 대응할 수 없어서 육군까지 파견되었고, 그중에는 육군 정보부 웨르타 바르트 대위도 있었다. 너무 큰 사건이라 타국의 스파이가 엮여 있다고 여겨졌다.

그리고 현장을 보고서 경악했다.

일부 시체가 원형을 유지하지 못하고 날아가 있었기 때문이다.

현장인 골목 곳곳에서 폭발의 흔적이 보였고, 건물의 20%가 부서져 있었다.

그 사악한 의지를 느낀 웨르타는 크게 동요했지만, 갱 사상자는 항쟁에 의한 것으로 처리할 수밖에 없었다.

추정 연령 14세의 소녀가 갱 열세 명을 참살한 사실은 어둠 속에 묻혔다.

◇◇◇

아네트와 크노는 경찰과 육군이 오가는 골목에서 벗어나듯이 걷고 있었다. 검은 고양이의 사체를 담요로 감싸고서 나아가는 아네트의 뒤를 크노가 따르고 있었다.

크노는 새 재킷으로 갈아입은 상태였다. 피가 묻은 재킷은 이미 재로 만들어 처분했다. 그는 검은 고양이의 사체도 태우고 가겠냐고 제안했지만, 아네트는 고개를 가로저었다. 여전히 현실을 받아들이지 못하는 것처럼 사체를 품에 안고 있었다.

두 사람이 걷는 모습은 밤에 융화되어 있었다.

"……그래."

크노가 말했다.

"이런 때에도 울지 못하는군…… 우리는……."

아네트의 얼굴에 묻었던 피는 닦여 있었다.

그녀는 걷는 페이스를 살짝 늦춰서 크노와 거리를 좁혔다.

"너도 올리브를 신경 썼었나요?"

"……옳다. 이 고양이는 줄곧 영역에서 벗어나지 않았다."

"……."

"……변명을 하고 싶다. 나도 고양이를 잡으려고 했었다. 이 골목에서 피난시키기 위해……. 하지만 고양이가 너를 따르지 않은 것처럼, 내가 만지는 것도 거부했다……."

가면 속에서 한숨이 흘러나왔다.

"……어둠에서 벗어나지 못하는군……. 이 고양이도, 그리고 우리도……."

"나님! 이해할 수가 없어요……."

아네트는 주먹을 꽉 움켜쥐고서 돌아보았다.

"나님은 전혀 나쁘지 않아요!"

"……그렇게 생각하나."

"올리브가 죽은 건 전부 그 녀석들 탓이에요!"

"……아니."

크노는 멈춰 서더니, 아네트 옆을 지나쳐 추월했다.

"……우리는 바뀌어야 한다. 『혈족』의 운명에서 벗어나기 위해서는."

아네트는 의아한 듯 고개를 갸웃했다.

결국 아네트는 『혈족』이란 존재에 관해 자세히 듣지 못했다. 크노도 설명은 필요 없다는 것처럼 말하지 않았다.

크노가 아네트를 두고 나아가자 옆에서 밝은 목소리가 들려왔다.

"아, 크노 군이다. 뭐 해?"

"오, 이런 데서 보는구려."

『봉황』의 여성진이었다.

큐르와 란이 장바구니를 들고서 크노에게 손을 흔들고 있었다. 장바구니 안에서 병끼리 부딪치는 소리가 났다.

야간 영업 중인 술집 앞이었다. 란을 제외한 『봉황』 멤버는 임무가 일단락되면 술을 즐기는 습관이 있었다.

양손에 와인병을 든 팔마가 가게에서 나와 「크노 군이다~」라며 미소 지었다.

"있잖아~ 임무 중에 또 빅스 군이랑 빈드 군이 싸워서~ 최종적으로 누가 먼저 클라우스 선생님에게 한 방 먹이는가로 승패를 정하게 됐어~ 지금 시합 관전 중에 마실 술을 산 참이야~."

그녀들은 건물에 슬쩍 숨은 아네트를 알아차리지 못한 것 같았다.

친근하게 팔을 만지는 팔마를 보며, 크노는 한숨을 쉬었다.

"……아니. 일단 싸움을 말려라……."

"뭐~? 하지만 『등불』 애들은 벌써 승패에 돈을 걸기 시작했는걸~."

"……『등불』도 멀쩡한 자가 없군."

크노가 멈춰 서 있으니 빅스가 가게 밖으로 나왔다. 그는 크노를 보고서 어깨동무를 했다.

"물론 크노 군은 저한테 베팅할 거죠? 손해는 안 볼 거예요♪."

"……너도 술을 사러 왔나."

"네, 승리한 후 마시기 위해♪."

그리고 빅스의 반대편에는 소리도 없이 빈드가 나타나 어이없다는 표정을 짓고 있었다.

"빅스의 경쟁심은 곤란하다니까. 뭐, 나한테 걸어 둬."

"……같이 술 사러 올 정도면 싸우지 마라."

빈드는 거대한 손가방을 어깨에 메고 있었는데, 안에는 대량의 술병이 담겨 있었다. 빅스와의 시합을 끝내고 나서 하룻밤 만에 마시려는 것 같았다. 그가 술고래이자 대식가인 것은 어제오늘 일이 아니었다.

빈드는 건물 뒤에 숨은 아네트를 눈치챈 것처럼 흘낏 보고서 크노에게 시선을 보냈다.

"너도 일은 끝난 모양이야."

"……옳다."

빈드는 가방에서 위스키병을 꺼냈다.

"술은 이거면 되지? 수고했어."

대답도 듣지 않고 병을 던졌다.

크노가 즐겨 마시는 무자이아 합중국산 명품이었다.

『봉황』의 멤버들은 담소하며 아지랑이 팰리스로 돌아갔다. 보아하니 자고 가려는 것 같았다. 이따금 뒤돌아보며 크노에게 빨리 오라고 했다.

그 모습을 아네트는 내내 가만히 바라보고 있었다.

"—『망아』 아네트…… 너는 아는가……?"

크노가 말했다.

"……자주 불안해진다. ……저 녀석들이 죽었을 때, 나는 눈물을 흘릴 수 있을까……. 지저분한 살인귀가 그런 걸 바랄 수 있을까…… 하고."

"……."

"너는 어떻지? 『등불』의 동료들이 살해당했을 때, 과연 울 수 있을까……?"

아네트는 아무 대답도 하지 않았다.

크노는 상관하지 않고 계속 말했다.

"……꿈을 꾼다. ……저 녀석들의, 혹은 나의 목숨이 다하는 순간을……."

"……."

"가능하다면 동료를 위해 죽고 싶다……. 그럴 수 있다면 나는 행복하다……."

아네트는 무표정으로 다가가, 들여다보듯이 크노의 거구를 올려다보았다.

가면 틈새로 보이는 불안에 찬 눈은 어린아이 같기도 했다.

◇◇◇

심야에 몰래 침실을 빠져나온 아네트는 아지랑이 팰리스의 정원 구석으로 이동했다. 푹푹 삽질하여 구덩이를 파 나갔다.

평소 그녀가 즐겨 쓰는 드릴은 사용하지 않았다.

단단한 흙에 일일이 삽을 박았다.

저택에서는 시끌벅적한 목소리가 들렸다. 『봉황』이 『등불』의 소녀들을 끌어들여 술잔치를 벌이고 있었다.

아네트는 소란에 섞이지 않고서 일심불란히 땅을 팠고, 이윽고 완성된 구덩이에 올리브의 사체를 조용히 놓았다. 다정하게 흙을 덮어 완벽하게 묻어 준 후, 직접 만든 고양이용 장난감을 묘비처럼 꽂았다.

"아네트."

클라우스가 걸어왔다.

아네트는 웅크려 앉은 자세로 그의 가슴 부근을 가만히 올려다보았다. 평소라면 있을 수 없는 일이 시선 끝에서 일어나 있었다.

클라우스의 와이셔츠 세 번째 단추가 떨어져 있었다.

"……음. 아아, 이거."

클라우스는 고개를 끄덕였다.

"빈드와 빅스가 갑자기 격투 승부를 걸어와서 말이야. 녀석들도 단기간에 성장했어. 다치지 않고 승리할 수는 있었지만."

아네트는 표정을 바꾸지 않았다.

클라우스의 옷 단추를 떼다니, 『등불』의 소녀들은 여전히 달성하지 못한 위업이다. 하지만 아네트에게는 어찌 되든 좋은 일이었다.

클라우스는 아네트 옆에 무릎을 꿇었다.

"괴로운 일이 있었던 모양이야."

아네트는 클라우스의 어깨에 머리를 얹었다.

"나님! 전에 없이 우울해요!"

"그렇군. 무슨 일이 있었는지 천천히 가르쳐 주지 않을래?"

아네트는 단적으로 설명했다. 어느 날 만난 검은 고양이에게 강하게 끌렸다는 것. 붙임성 없는 고양이에게 올리브라는 이름을 지어 주고, 매일 먹이를 줬다는 것. 살아 있을 적에는 만질 수 없었다는 것. 최종적으로 올리브는 갱단 간 항쟁의 유탄을 맞고 죽었다는 것.

목소리 톤은 밝았지만, 구석구석에서 슬픔이 묻어났다.

"……."

"클라우스 형님?"

다 들은 후, 클라우스는 입가에 손을 대고서 침묵했다.

아네트가 반응을 재촉하듯 머리를 움직이자, 그는 묘비로 팔을 뻗었다.

"아니, 너무 희망적인 관측을 말하고 싶진 않지만."

"음?"

"그 고양이는 경계심이 강했고 식욕은 왕성했다. 영역에서 절대 벗어나지 않았으며, 오늘 낮에는 축 늘어져 있었고, 밤에는 가랑이에서 피를 흘리며 쓰러져 있었다……. 내가 맞게 이해했나?"

아네트는 고개를 끄덕였다.

맞고 자시고 할 것도 없이, 전한 사실 그대로였다.

그러자 클라우스는「어디까지나 가능성으로 들어 줬으면 하는데」라며 운을 떼고서 아네트에게 고했다.

"그 고양이는, 새끼를 배고 있었던 게 아닐까?"

◇◇◇

크노, 그리고 검은 고양이 올리브와의 만남은 아네트를 변화시키는 요인이 되었다.

—『「망아」아네트, 자신을 바꿔라. 자신의 운명에 저항해라.』

세계가 아픔으로 가득해도, 이제껏 소녀가 진정한 의미에서 아픔을 자각한 적은 없었다. 늘 자유분방하게 지내고, 참을 수 없을 때는 폭력적인 수법으로 발산했다. 그녀의 마음이 더러워진 적은 한 번도 없었다.

그렇기에 이번에 주어진 절망은 그녀의 마음에 깃든 뭔가를 자극했다.

◇◇◇

아네트는 다시 개천으로 돌아갔다.

육군과 경찰은 생존자 수색을 포기하고 수사를 끝낸 듯했다. 출입을 막는 밧줄이 골목 일대를 둘러싸고 있었다.

아네트는 망설이는 기색도 없이 밧줄을 절단하고 개천으로 갔다.

클라우스의 추측은 일리가 있었다.

실제로 그렇게나 경계심이 강했던 올리브가 전장이 될 수도 있는 이 골목을 떠나지 않은 것은 기묘했다. 하지만 출산을 앞두고 있었다면 이해가 갔다. 산기가 다가와서 함부로 장소를 바꿀 수 없었던 것이다. 식욕이 왕성했던 것은 태아에게 영양을 주기 위해. 외적을 경계했던 것은 태아를 지키기 위해. 올리브의 행동이 전부 설명된다.

결국 아네트는 가까이에서 올리브를 관찰하지 못했다. 배가 불러 있던 것을 눈치채지 못할 만도 했다. 하지만 죽기 전에 식욕이 없었으니, 출산 직전이었다는 추측도 가능하다.

올리브는 가랑이에서 피를 흘리고 있었다. 그때 이미 출산을 끝낸 뒤였을지도 모른다.

"올리브의, 아기……."

아네트는 손전등을 들고 어린 생명을 찾았다.

비가 내리기 시작하여 작은 몸이 푹 젖어도 수색을 멈추지 않았다.

한 시간쯤 지났을 때, 하수관 옆에서 분홍색 덩어리를 발견했다. 갓 태어난 걸까. 검은 털이 일부 나 있지만, 대부분 피부를 노출하고 있는 존재가 셋쯤 나란히 있었다.

아네트는 숨을 삼키고서 그곳을 손전등으로 비췄다.

빛이 떨렸다.

손전등을 집어넣고 웅크려 앉아 그 세 덩어리를 양손으로 감싸 들었다. 떨리는 입술을 깨물고서 천천히 일어나 고개를 들었다.

"——."

그녀의 입에서 신음이 흘러나왔다.

눈앞에 있던 것은 폭파흔이었다. 개천을 둘러싸고 있던 콘크리트는 파괴되어 그 잔해가 아네트의 발치에 굴러다니고 있었다.

올리브가 낳은 새끼 세 마리는, 모두 다 잔해에 깔려 압사해 있었다.

하지만 직접적인 사인이 된 것은 갱단 간의 항쟁이 아니었다. 불우한 사고도 아니었다. 갱들을 죽이기 위해 아네트가 반쯤 미쳐서 던진 폭탄이었다.

올리브의 새끼는 아네트가 죽인 것이다.

추상③ 축구

“시간이 비는군.”

식당에서 빈드가 멍하니 말했다.

“축구라도 할까.”

“한가하면 나가!”

릴리가 호통쳤다.

이리하여 스파이 팀대항 축구 대회가 정원에서 개최되었다.

엘리트 집단인 『봉황』이지만, 일할 때와 쉴 때의 구분이 확실한 것도 특징이었다. 긴장을 풀 때는 철저하게 긴장을 풀었다. 밀월 후반, 아지랑이 팰리스에 눌러앉은 그들은 휴식 시간에 『등불』 소녀들을 끌어들여서 노는 일도 많았다.

「『등불』이 이기면 『봉황』은 나가겠다」라는 약속하에 축구 승부가 벌어졌다.

정원에 의자를 둬서 간이 골대를 만들었다. 심판은 팔마와 그레테, 득점 기록원은 사라. 클라우스는 부재. 나머지는 전원 선수. 먼저 5점을 따면 이기는 형식이었다.

“자~ 그럼 시작한다~.”

심판인 팔마가 호루라기를 불자 지비아와 릴리가 패스를 돌리기 시작했다. 심판과 선수들의 시선은 자연스럽게 공에 모였다.

가장 먼저 움직인 것은 모니카였다.

"선빵 필승!"

가차 없이 상대팀 수비수에게 보디 블로를 먹였다.

"하오어어어어어어어어억!!!"

갑자기 배를 맞은 란이 까무러쳤다.

물론 반칙 행위였다. 란이 힘이 다한 것처럼 쓰러지자, 현장을 목격한 빅스가 「심판?!」 하고 외쳤다.

심판인 팔마는 쿠키를 입에 가득 넣고서 고개를 갸웃하고 있었다.

"어어~? 못 봤어~ 마침 사라가 간식을 줬거든~."

"……저도 특별히 못 봤습니다."

그레테가 천연덕스럽게 고개를 가로저었다.

심판 두 명이 모두 플레이를 보지 않았기에 반칙은 없던 것이 되었고, 란은 속행 불가능이라는 형태로 퇴장했다.

불길한 예감을 느낀 큐르가 심판단에게 다가가 따졌다.

"자, 잠깐만. 응, 심판을 바꾸자! 어떻게 생각해도 매수당했—."

하지만 그러는 동안에도 시합은 계속되고 있었다. 심판이 제지하지 않는 이상, 인플레이.

공을 드리블하던 릴리가 딴 데를 보는 큐르에게 다리를 부딪쳤다.

"다리가아아아아아아아?!"

땅에 쓰러져 뒹구는 릴리.

“……어?”

삐익, 하고 심판 그레테가 호루라기를 불었다.

“……페널티 구역 내, 공 보유자의 배후에서 발을 거는 악질적인 차징. 레드카드로 큐르 선수, 퇴장입니다…….”

“뭐어어어어어어어어어어어어어어어어어어어어어어어?!”

큐르가 항의를 담아 절규했다.

그 발치에서는 릴리가 고통스러운 표정으로 오른발을 부여잡고 「전치 2개월……!」 「선수 생명이 끊겼어요……!」라며 신음하고 있었다. 딱 봐도 작위적인 연기였다. 에르나가 「이미 카드는 나왔어」라고 말하자 「아, 다 나았어요」라면서 일어났다.

그대로 지비아가 호쾌하게 페널티킥에 성공하며 『등불』 1점 리드.

“““““““…………….”””””””

개시 2분 만에 두 사람이 퇴장하자 『봉황』의 멤버들은 이해했다.

—이게 『등불』의 방식인가.

심판의 사각지대에서 상대 팀 선수를 공격한다. 심판 앞에서는 쓰러지는 연기로 파울을 얻는다.

스파이 기술을 유감없이 발휘하는 점이 실로 얄미웠다.

“그쪽이 그렇게 나오겠다면.”

빈드가 말했다.

“우리도 받아치면 돼.”

그 후로는 진흙탕 싸움이 벌어졌다.

『우인』 에르나는 동료와 부딪치고서 「방금 『봉황』이 밀쳤어!」라고 주장했다. 『몽어』 티아는 「있지, 팔마 씨. 방금 그 플레이를 반칙으로 쳐 주면 에르나와 아네트를 안고 잘 수 있도록 빌려줄게」라며 심판 매수를 시도했다. 『상파』 빅스는 스로인으로 릴리의 배에 공을 던져 그녀를 강제 퇴장시켰다. 『망아』 아네트는 공을 몰래 쇠공으로 바꿔서 적의 다리를 파괴하고자 했지만, 『개풍』 크노에게 간파당하여 도리어 반칙으로 퇴장. 『비금』 빈드는 담담히 축구를 계속하여 골을 양산했다. 형세가 불리하다고 본 『백귀』 지비아는 은근슬쩍 골대의 위치를 옮겼다. 그걸 『봉황』 멤버가 지적하자 『빙인』 모니카가 시치미를 뗀 후 도발. 양 팀 사이에서 난투가 벌어졌다.

유일하게 난투에 끼지 않은 크노는 「……아니, 축구를 해라」라고 중얼거렸지만, 그걸 듣는 사람은 아무도 없었다.

최종적으로 그를 제외한 모든 선수가 레드카드로 퇴장하면서 『봉황』 승리로 결판이 났다.

4장 case 빅스

아지랑이 팰리스의 담화실에 남녀 열네 명이 와글거리고 있었다. 방의 공간에 비해 인원이 많았다. 어떤 소녀는 다른 소녀의 무릎에 앉고, 2인용 소파에 세 명이 앉고, 어깨가 부딪칠 만한 거리로 붙어 앉아 있었다.

중앙에는『비금』빈드가 앉아 있었다. 그는 테이블에 놓인 서류를 손가락으로 툭툭 두드리며 인상을 쓰고 있었다.

다른 사람들은 그런 빈드를 바라보며 그의 발언을 기다리고 있었다.

이윽고 빈드가「그래」라며 입을 열었다.

"『등불』이 최근 반년간 구입한 것을 목록화해 줘. 생각나는 대로 전부 다."

그의 말을 듣고 흑발 소녀—『몽어』티아가 의문을 꺼냈다.

"왜 그래야 하는데?"

"스파이 활동과 관련된 비용은 대외정보실에서 지급해. 클라우스는 석 달에 한 번 이상 대외정보실에 경비를 청구하고 있을 거야."

『애랑』그레테가 고요한 낯으로 고개를 끄덕였다.

"……그렇군요. ……확실히 보스가 서류를 작성할 때는 많습니다."

"하지만 필요 이상으로 활동비를 청구하면 업무상 횡령죄를 물을 수 있어. 조금이라도 실수가 있다면 협박할 수 있을지도 몰라."

『빙인』 모니카가 팔짱을 꼈다.

"실수? 글쎄. 그런 과실은 범하지 않을 것 같은데."

"아니, 클라우스는 악필이야. 『2』와 『5』를 구별하기 어려워. 녀석이 실수하지 않더라도, 접수 측이 잘못해서 청구한 것 이상의 금액을 입금했다면—."

『초원』 사라가 눈을 크게 떴다.

"횡령이다! —라고 트집을 잡을 수 있는 거군요."

빈드는 세세하게 해설해 줬다.

애초에 스파이의 경비 정산은 직무 관계상 주먹구구식이다. 대충 청구하고, 자세히 조사받는 일 없이 입금된다. 활동비로 고액을 요구하는 스파이가 실제로는 외국에서 밤마다 놀기만 하는 것은 전 세계의 첩보 기관에서 발생했다.

하지만 실제로 들어간 것 이상의 경비를 청구하고 있다면 물론 횡령이다. 국가의 첩보 기관에 속한 스파이의 활동비는 당연히 세금에서 나온다.

"스파이가 외국에서 비싼 물건을 샀을 때, 그게 정당한 활동인지 사리사욕을 위한 사치인지는 상당히 애매한 기준으로 판단돼. 잘 이용하면 약점이 될 거야. 『세계 최강의 스파이』라고 자부하는 남자에게 횡령은 체면을 구기는 일이겠지."

빈드는 말했다.

"『봉황』은 과거에 비슷한 수법으로 타국의 스파이를 모함한 적이 있어. 횡령을 의심받고 자국의 원조를 못 받게 된 스파이는 순식간에 고립되어 우리 쪽에 붙었어."

그 말을 듣고 소녀들이 침음을 흘렸다.

지비아가 멍하니 한숨을 쉬었다.

"……재미있네. 우리는 못 떠올릴 아이디어일지도."

"너희는 너무 무계획적으로 클라우스를 습격해."

빈드가 시시하다는 듯 말했다.

—『등불』과 『봉황』의 합동 훈련 광경이었다.

『등불』의 보스·클라우스는 『봉황』에게 부하와 똑같은 훈련을 실시했다. 「나를 쓰러뜨려라」라는 도발적으로도 들리는 클라우스의 과제에 당초 『봉황』은 단독으로 도전했으나 참패를 되풀이했고, 이윽고 『등불』의 소녀들과 합동으로 훈련에 임하게 되었다.

그 중심으로서 지휘하고 있는 것이 빈드였다.

"일단 두 조로 나뉘자. 절반은 대외정보실의 재무 담당과 접촉하고, 나머지 반은 과거의 경비 자료 등을—."

"푸풉."

하지만 빈드가 마무리에 들어갔을 때, 불쾌한 조소가 끼어들었다.

그는 짜증이 담긴 시선을 보냈다.

"왜 그러지? 은발."

시선 끝에서 릴리가 손으로 입가를 가리고 「푸푸풉」 하며 비웃는 제스처를 취하고 있었다.

"이야~ 스파이로서 실력은 있어도, 선생님을 공략하는 쪽은 아직 멀었네요~ 그런 작전은 선생님한테 안 통해요."

"……하고 싶은 말이 뭐지?"

"갑자기 저희가 습격을 멈추면 선생님은 당연히 알아차리겠죠. 대책을 세울 거예요."

"……윽."

빈드가 일순 입술을 깨물었다.

"그런가. 그럼 다섯 명 정도는 계속해서 습격을—."

"푸푸풉."

릴리가 재차 웃음을 터뜨렸다. 재수 없었다.

"안 보이는 곳에서 다른 계획이 움직이고 있는 상태로 습격하면 그거야말로 선생님이 알아차리죠. 『평소만큼 필사적이지 않군. 안 보이는 곳에서 작전이 진행되고 있겠어』 하고요. 이 작전은 일부 멤버에게만 전해서 움직이는 게 베스트였어요. 모두가 있는 곳에서 전한 시점에 이미 실패한 거예요."

"……."

빈드는 불쾌한 듯 얼굴을 찌푸렸지만, 반론을 꺼내지 못했다.

그 모습을 보고 릴리가 즐거워하며 가슴을 쭉 폈다.

"흐흥! 실력자와의 싸움에 관해서는 저희가 더 위네요!"

"너희도 계속 패배하고 있잖아."

빈드가 날카롭게 지적했지만, 릴리는 여전히 의기양양한 얼굴이었다.

이제껏 『봉황』 때문에 계속 쓴맛을 본 릴리에게 그건 양보할 수 없는 부분인 것 같았다. 이겼다는 듯이 웃었다.
이윽고 빈드는 깊이 한숨을 쉬었다.
"……알았어. 일단 의견을 들려줘."

◇◇◇

『등불』과 『봉황』의 밀월이 시작되고 3주가 지났다.
이제 서로의 존재에 의문을 품지 않게 되었고, 활발히 훈련이 이루어지고 있었다.
클라우스는 『봉황』을 훈련시키고, 『봉황』은 『등불』에게 기술을 전수한다. 그러한 당초의 목적이 작동하기 시작하면서, 두 팀이 더 깊고 온화한 시간을 보내던 타이밍이었다.
하지만 그렇기에 점차 부각되는 것도 있었다.
두 팀이 함께 있게 되면서 각자가 품고 있는 비틀린 문제가 보이기 시작하고 있었다.

◇◇◇

횡령 누명 계획을 포기한 후, 휴식 시간을 갖기로 했다.
담화실에 다과와 홍차가 놓이면서 일동은 느긋하게 긴장을 풀었다.
"그러고 보니."
호쾌하게 홍차를 마신 지비아가 입을 열었다.

"『타락론』 건은 어떻게 됐어?"

『우금』 팔마가 기운 빠지는 목소리로 대답했다.

"이미 끝났어~ 아지트도 알아냈고, 간부도 거의 다 잡았으니까~ 나머지는 다른 팀의 일이지~ 꽤 싱겁게 정리됐어~."

연지색 머리를 묶은 소녀―『뜬구름』 란이 고개를 끄덕였다.

"음. 활동 자금도 빼앗아 줬소. 이제 바짝 말라 갈 뿐이겠지."

저번에 금속 가공 공장에서 벌어진 항쟁으로 『타락론』은 단숨에 괴멸하게 된 듯했다. 팔마가 신문한 소녀이 정보를 모조리 실토했다고 한다. 그들이 범죄 활동으로 얻은 금전은 어떤 공작을 한 일부를 제외하고 회수했다.

일단 최고 간부를 포함한 세 명이 남아 있는 것 같지만, 그들을 잡는 건 『봉황』의 역할이 아니었다.

활동 자금, 이라는 말을 듣고 릴리가 슬쩍 웃었다.

"그렇군요. 그럼 저 금고에는 돈이 한가득― 아야!"

담화실 구석에 거대한 금고가 있었다.

그리로 뻗는 릴리의 손을 향해 빈드가 연필을 던졌다.

"만지지 마. 내일 저녁, 클라우스가 대외정보실로 이송할 거야. 국고에 들어갈 돈이야. 괜한 짓은 하지 마."

"노, 농담이에요~ 저도 그 정도 분별은―."

"최소한 한 명 감시원을 두기로 할까."

"진짜로 안 믿잖아?!"

란이 금고를 지키듯 막아섰다.

듣자 하니, 사람 한 명이 평생 놀고먹을 수 있을 만한 거금이라고 했다. 『봉황』은 일부러 새 금고를 구입하여 아지랑이 팰리스에 설치했다.

릴리가 손을 비비며 웃었다.

"근데 현금은 선생님이 이송하는 거군요."

"액수가 액수니까. 안전한 게 제일—."

말하면서 눈치챘는지 빈드가 눈을 크게 떴다.

"—그렇군. 그걸 습격하는 건 괜찮을지도 모르겠어. 일단 클라우스에게 현금을 넘기면 이후의 관리는 클라우스의 책임이야. 움직이기 어려워져."

릴리가 이 전개를 내다본 것처럼 고개를 끄덕였다.

"흐흥, 거기까지 방침이 정해졌다면 나머지는 『등불』이 자랑하는 퍼펙트 참모에게 맡겨 주세요! 그레테, 잘 부탁해요!"

릴리에게 지명받고, 구석에 서 있던 그레테가 테이블로 한 발짝 다가왔다.

그녀가 구체적인 책략을 짜는 것에 빈드도 토를 달지 않았다. 그녀의 지모는 인정하고 있는 듯했다.

"네…… 그럼 몇 가지 제안을—."

정숙하게 회의를 진행하는 그레테의 목소리에 모두가 귀를 기울였다.

이리하여 『등불』과 『봉황』의 훈련은 또 한 번 진전되었다.

그리고 그 광경을 냉담하게 바라보는 청년이 한 명 있었다.

◇◇◇

작전 회의가 끝난 후, 그레테는 혼자 주방에 서서 창밖을 보고 있었다.

밤이 되자 비가 세차게 내리기 시작했다. 바람도 거칠게 불어서, 비가 유리창을 후드득후드득 때려 댔다. 창문을 타고 흘러내리는 물방울을 눈으로 좇으며, 그녀는 아직도 귀가하지 않은 남성을 생각하고 있었다.

'……보스는 아직 안 돌아오시는 걸까요……?'

클라우스는 오늘도 국내 방첩 임무에 동원되었다.

예정은 확실히 듣지 못했다. 그가 먹을 저녁밥을 만들어야 할지 고민되었다. 클라우스는 늘 너는 내 시종이 아니라며 사양하지만, 이러니저러니 해도 차려 두면 먹어 줬다.

가만히 서 있는데 문득 뒤에서 인기척이 났다.

"아까 그 미적지근한 책략은 뭔가요♪."

그레테를 비웃는 목소리였다.

숨을 삼키고 돌아보니 영화배우처럼 잘생긴 청년이 손을 흔들고 있었다.

"안녕♪ 물 마시러 왔어요."

—『상파』 빅스.

『봉황』의 중핵을 담당하는 청년이었다. 양성 학교 전교생 중 2등이라는 성적을 거둔 수재. 호리호리한 체격만 봐서는 상상이 안 되는 괴력과 근육으로 무기를 숨기는 『봉황』의 전투원.

생각지 못한 인물과 일대일로 마주치게 된 그레테가 굳었다.

빅스는 냉장고에서 미네랄워터가 든 병을 꺼내고 재미있다는 듯 웃었다.

"아~ 그러고 보니 당신은 남성을 무서워했던가요♪ 실례했어요♪."

그레테는 남성 공포증을 앓고 있었다.

과거의 경험 때문에 클라우스 외의 남성이 앞에 있으면 움츠러들고 말았다. 스파이로서 임무를 수행하면서 증상은 다소 완화됐지만, 단둘이 있는 상황에서는 여전히 긴장했다.

그래도 물어봐야 했다.

잘못 들은 게 아니라면, 빅스는 모욕적인 말을 했다.

"……『미적지근한 책략』이라는 건 무슨 의미죠?"

"딱히? 말 그대로의 의미예요♪."

빅스는 슬쩍 웃었다.

"다른 멤버에게 당신 얘기를 자주 들었어요. 클라우스 선생님을 제외하면 실질적으로 『등불』의 넘버 2라고요. 하지만 너무 기대했나 보네요♪."

아까 회의에서 그레테가 제안한 책략이 불만인 것 같았다.

그는 시시하다는 듯 말했다.

"—싫어해요♪ 당신처럼 헝그리 정신이 부족한 사람♪."

거절하는 듯한 뒷모습이 떠나가는 것을, 그레테는 아연히 바라보았다.

◇◇◇

큐르가 욕조에 몸을 담그며 말했다.

"뭐~ 빅스 군은 독설가니까. 너무 신경 쓰지 마. 그냥 입이랑 성격이 거칠어서 그래."

아지랑이 팰리스에는 대욕탕이 있다. 여덟 명 이상이 동시에 들어가도 여유로운 욕조가 있고, 몸을 씻는 공간도 사람이 뛰어다닐 수 있을 만큼 넓은 호화로운 사양이었다. 퍼 올린 지하수는 최신 가스식 설비로 알맞게 데워져서 욕조에 부어졌다.

빗발이 거세졌기에, 『봉황』은 아지랑이 팰리스에서 자고 가게 되었다. 여성진은 빈 침실을 쓰고, 남성진은 담화실에서 그대로 모여 잔다.

『고익』 큐르는 이 대욕탕이 상당히 마음에 든 것 같았다. 비취색 머리 소녀는 평소 쓰고 다니는 안경을 벗고서 편안하게 욕조에 들어가 있었다.

몸을 씻는 공간에서는 다른 멤버들의 시끌벅적한 목소리가 울리고 있었다.

“아네트랑 에르나의 몸은 팔마가 씻어 줄게~.” “노, 노오! 무서워…… 왠지 떨림이 멈추질 않아!” “나님! 이 여자는 위험한 느낌이 들어요!”

팔마가 스펀지를 움켜쥐고서 아네트와 에르나를 대욕탕 끄트머리로 몰아넣고 있었다. 드물게도 아네트가 겁을 내고 있었다.

그런 와중에 그레테는 욕조에 들어가지 않고 가장자리에 앉아 있었다. 평소 그레테는 다 같이 목욕하는 걸 좋아하지 않았지만, 이날은 상담하고 싶어서 대욕탕에 같이 왔다.

빅스에게 갑자기 비난받았다고 밝히자, 큐르는 동정하듯 고개를 끄덕였다.

“걔는 속이 꽤 시꺼머니까. 상냥한 얼굴로 빈정대며 공격하는 타입이야. 싫단 말이지~.”

그때, 몸을 다 씻은 지비아와 란도 욕조로 왔다.

“오, 나도 피해자야. 어제도 미팅에 끌려갈 뻔했어. 심지어 무진장 도발해! 더더욱 짜증 나게도 엄청 세고!”

“오늘 소생도 비아냥을 들었소! 고작 세 시간 늦잠 잤을 뿐인데!”

한동안 빅스에 대한 불평불만이 이어졌다.

그레테는 험담하고 싶었던 것은 아니기에 입을 다물었다.

하지만 지비아와 란은 특히나 그에게 당한 일이 많은지, 불만의 목소리가 한동안 계속됐다. 지비아에 관해서는 훈련의 연장선상인 것 같고, 란은 자업자득인 것 같기도 하지만.

"음음~ 빅스 군은 아주 성실하니까~."

기운 빠지는 목소리가 들렸다.

팔마가 만족스러운 얼굴로 욕조에 들어왔다. 그 뒤에 에르나와 아네트가 거품 속에 파묻혀서 피폐한 모습으로 누워 있었다.

"용서해 줘~ 걔는 여러 가지를 너무 많이 짊어지고 있어서 그래~."

온화한 목소리를 듣고, 지비아와 란이 반성하듯 입을 다물었다.

대욕탕이 고요해졌다.

"……그렇지. 솔직히 빅스 군이 하고자 하는 말도 이해가 가."

큐르가 조심스러운 시선을 보냈다.

"그레테는 양성 학교에 다닐 때보다 아주 강해졌다고 생각해. 분한 마음이 들 정도로."

"……."

"하지만 그 시절의 그레테에게는 무서울 정도의 욕심이 있었어. 그걸 잃었다는 의미로 보면 틀린 건 아니려나."

미안하다는 듯 쳐다봤다.

큐르와 그레테는 같은 양성 학교 출신이었다. 그런 상대에게 지적받고 그레테는 한동안 말을 잇지 못했다.

◇◇◇

자각은 있었다.

빅스와 큐르의 지적은 정곡을 찔렀고, 그렇기에 그냥 넘길 수 없었다.

—지금의 자신에게는 헝그리 정신이 부족하다.

물론 훈련과 임무에는 전력으로 임하고 있었다. 사랑하는 사람이 지휘하는 『등불』을 지탱하기 위해서 최선을 다해 활약 중이었다. 동료들 사이에서 모니카에 버금가는 실력자로 여겨지고 있다는 자각도 있었고, 그 기대에 부응할 수 있도록 힘쓰고 있기도 했다.

하지만 양성 학교에 다닐 적에 더 열량이 있었다는 것은 부정할 수 없었다.

—예전에 그레테는 애정에 굶주려 있었다.

아버지에게 모멸당하고 가족에게 버려진 그레테는 스파이 양성 학교에 다다랐다. 한 번이라도 좋으니 강렬하게 사랑받고 싶었다. 필요한 존재가 되고 싶었다. 그걸 위해 살을 깎아 스파이 기술을 익혔다.

문자 그대로 사력을 다했다.

하지만 지금의 그레테에게는 그 헝그리 정신이 없었다.

이유는 명쾌했다.

—『그레테, 너는 아름다워.』

클라우스에게 그 말을 들은 순간, 그레테는 더할 나위 없는 행복으로 충족되고 말았으니까.

◇◇◇

대욕탕에서 나오니 현관 쪽에서 문이 여닫히는 소리가 났다.

황급히 머리와 복장을 정돈하고 이동했다.

귀가한 클라우스가 재킷에 묻은 빗방울을 털고 있었다. 우산을 쓰고 온 것 같지만, 그래도 젖어 버린 듯했다.

"……보스. 오늘도 수고하셨습니다."

그레테가 수건을 건네자, 클라우스는 「미안」이라고 말한 후 「음?」 하며 의아해했다.

"그레테."

건네받은 수건으로 몸을 닦지도 않고 고요한 시선을 보냈다.

"무슨 일 있나? 표정이 좋지 않은데."

"……눈치채셨나요?"

반문하자 클라우스는 의아한 얼굴로 「당연한 거 아닌가?」라고 되물었다.

마음이 따뜻해졌다. 하지만 그래선 안 된다며 고개를 숙였다. 그레테를 곤란하게 만드는 것이 바로 이 해이함이었다.

클라우스를 속일 수 있을 것 같지도 않았기에 전부 밝히기로 했다.

사랑하는 사람의 얼굴을 지그시 바라보았다.

"……저는 행복해요. 제 민낯을 칭찬해 주는 분과 만나게 되고, 지금도 이렇게 곁에 있는 것만으로도 행복을 느껴요……."

가슴 앞에서 주먹을 꽉 움켜쥐었다.

"그렇기에 모르겠어요……. 이 이상 무엇을 바라면 좋을지……."

스파이가 되고자 하는 자는 사회 공헌이나 자기실현을 바라는 자가 많았다. 자국과 가족을 지키기 위해 움직이는 자거나, 자신의 실력을 시험하고 싶은 자, 둘 중 하나였다.

『등불』에는 전자가 많지만, 그레테는 어느 쪽도 아니었다.

—그저 누군가에게 꼭 필요한 존재가 되고 싶었다.

그리고 그 소망은 반쯤 이루어지고 말았다.

클라우스는 표정을 바꾸지 않고 침묵했다.

갑자기 토로해서 당혹스러웠을까, 불안해져서 황급히 머리를 숙였다.

"……죄송해요. ……보스는 피곤하실 텐데 이런 푸념을—."

"그레테."

그는 짧게 말했다.

"네가 행복하다면, 그건 멋진 일 아닐까?"

"……!"

"하지만 다음 목표가 필요한 걸지도 모르겠어. 네 인생의 결단에 내가 참견해선 안 되겠지만……."

클라우스는 잠시 고민한 후, 작게 고개를 끄덕였다.

"나는 스파이니까. 부하인 네가 한층 더 성장하길 기대해."

◇◇◇

비가 그쳐 쾌청해진 이튿날 아침, 그레테는 무술용 도복을 입고 있었다.

롱청이라는 극동의 나라에 갔을 때, 누군가가 기념품으로 사 온 것이었다. 긴소매와 긴바지로 몸을 감싸는 롱청 문화의 복장. 쿵후라는 무술을 배우는 자가 입는다고 했다.

수행에 적합한 복장이었다.

1차전으로 릴리의 방을 찾아갔다.

"……릴리 씨."

오른손을 내밀고 손가락을 까딱거렸다.

"……대련을 부탁드립니다."

"갑자기 무슨 일이에요?"

이제 막 일어난 릴리가 졸린 눈을 비비며 어이없어했다.

그대로 방에서 맞붙었지만, 릴리는 간단히 그레테의 다리를 걸어 넘어뜨렸다. 릴리는 임무를 수행할 때 전선에서 몸을 던지는 일이 많았다. 릴리가 상당히 봐줬는데도, 그레테는 침대에 자빠져 「아으」 하고 허무하게 완패했다.

2차전, 그레테는 티아의 방을 찾았다.

"……티아 씨."

재차 오른손을 내밀고 손가락을 까딱거렸다.

"……대련을 부탁드립니다."

"어? 무슨 일이야?"

티아는 이해할 수 없다는 듯 눈을 깜빡거렸다.

일단 대련은 받아 줬고, 아까보다는 선전했다. 하지만 체력은 그레테가 크게 뒤떨어졌다. 지치기 시작하자 티아에게 오른팔을 잡혔고, 호신술 동작으로 간단히 비틀어서, 그레테는 「기권입니다……!」라고 항복할 수밖에 없었다.

3차전, 그레테는 포기하지 않았다.

"……사라 씨."

축사에서 만난 소녀에게 손가락을 까딱거렸다.

"……대련을 부탁드립니다."

"대체 무슨 일이 있었던 거죠?!"

사라는 괴상한 소리를 내면서도 일단 대련을 받아 줬다.

『등불』 결성 당시에는 거의 호각이었지만, 최근에는 모니카에게 훈련받아 성장해 있었다. 양손으로 밀쳐지며 비교적 간단히 졌다.

3전 3패.

울적해하고 있으니 사라가 의아해하며 「왜 대련하는 검까?」라고 이유를 물었다.

"……초심을 되찾기 위한 100인 대련입니다."

"앞으로 97명과 더 싸우는 거군요……."

사라는 어색하게 웃은 후, 뭔가 사정을 헤아린 듯 「아마 그레테 선배가 성장시켜야 할 건 그 부분이 아닐 검다」라고 중얼거리고서 그레테의 소매를 잡아당겼다.

그렇게 데리고 간 곳은 아지랑이 팰리스의 정원이었다.

"저쪽 세계를 따라갈 수 있을 것 같나요?"

사라가 쓴웃음을 지으며 검지로 한곳을 가리켰다.

—어지럽게 움직이는 다섯 그림자가 있었다.

화단과 벽돌로 아름답게 포장된 정원에서 격렬한 배틀이 펼쳐지고 있었다. 와이어가 둘러쳐져서, 아지랑이 팰리스의 옥상에서 뛰어내린 사람이 와이어를 발판 삼아 마치 공중을 달리듯 움직였다.

시야 끄트머리에서 누군가가 벽을 뛰어올랐다 싶은 순간, 또 다른 끄트머리에서는 야수로 오인할 만한 속도로 누군가가 이동했다. 눈 깜짝할 사이에 금속끼리 맞부딪치는 소리가 여러 차례 울렸다.

"모니카, 빅스, 그쪽으로 보스가 갔어!"

"오케이." "맡겨 주세요♪."

다섯 명이 격투 훈련을 하고 있는 것 같았다.

모니카, 지비아, 빅스, 빈드, 클라우스. 각 팀을 대표하는 전투원들이었다.

네 사람이 클라우스를 쫓고 있었다. 비인간적인 신체 능력은 대전제. 와이어와 투척 단검을 구사했지만, 그래도 자유자재로 완급을 조절하는 클라우스를 붙잡지는 못했다.

"……."

그레테는 그저 굳었다.

수준이 너무나도 다른, 전투의 궁극을 추구하는 자들의 세계.

역시 그곳에 발을 들일 기개는 없었다.

아무래도 문제를 지적한 장본인을 피해 갈 수는 없을 것 같았다.

아지랑이 팰리스의 정원 구석에서 훈련을 끝낸 빅스를 발견했다.

클라우스와의 격투 훈련으로 상당히 지쳤는지 돌바닥 위에 널브러져 있었다. 온몸이 땀범벅이라, 가까이 가니 남성 특유의 시큼한 땀 냄새가 났다.

좀 떨어진 곳에서 미네랄워터가 든 병을 굴려 보낸 그레테는 정원수 뒤에 숨었다.

"……빅스 씨에게 묻고 싶은 게 있습니다."

"왜 차폐물 뒤에서 말하는 거죠?"

어이없어하는 목소리로 지적받았지만, 그야 물론 남성이 불편하기 때문이었다.

얼굴을 마주하지 않은 채 대화를 나눴다.

"당신은 왜 높은 경지의 스파이가 되고자 하나요?"

"이유가 필요한가요?"

빅스는 고맙다고 인사하고서 미네랄워터의 뚜껑을 땄다.

"단순히 불쾌하잖아요♪ 나보다 강한 녀석들이 있다는 게♪."

생각보다 심플한 동기였다.

한동안 빅스가 맛있게 물을 마시는 소리가 이어졌다.

"……그게 다인가요?"

"네♪ 그런 거예요♪."

빅스의 산뜻한 웃음소리가 들렸다.

"우리 부모님은 말이죠, 가르가드 제국의 스파이에게 살해당했어요♪."

네? 하고 무심코 반문했다.

무거운 과거를 간단히 밝혔다.

"하지만 그게 이유냐고 묻는다면 아니라는 생각이 들어요. 단순히 빈드 군이 혼자 훌쩍 앞서가는 게 짜증 난다는 감정도 있고…… 잘 설명을 못 하겠네요♪ 동기라는 게 다 그렇지 않나요?"

"……."

"충동을 파고드는 것— 우리가 할 수 있는 건 그것뿐이에요♪."

빅스는 일방적으로 얘기하더니, 재차 미네랄워터에 대한 감사를 전하고 떠났다.

그는 상대방의 사정을 신경 쓰지 않고서 하고 싶은 말을 하는 나쁜 버릇이 있는 것 같았다.

자기 방으로 돌아온 그레테는 문을 잠그고, 커튼을 치고, **변장을 풀었다.**

얼굴의 왼쪽 절반을 덮는 멍 자국이 드러났다.

—줄곧 숨기고 있는 민낯.

자신의 원점은 여기에 있었다. 태어날 때부터 있었던 멍 자국. 아버지와 오빠에게 꺼림칙하게 여겨지고, 버려지고, 누군가에게 사랑받고 싶다는 강한 소망을 품었다. 이 민낯을 칭찬해 준 클라우스에게 끌렸다.

—충동을 파고든다.

잃어버린 헝그리 정신을 찾아냈다. 사랑받고 싶다는 강한 감정.

'보스는 기대하고 있어요……. 스파이로서의 다음 성장을…….'

설령 행복에 잠기더라도, 사랑하는 사람을 향한 애정만큼은 없어지지 않는다. 사랑하는 그의 눈길에 부응하기 위해서는 목표할 수밖에 없다.

—스파이로서 높은 차원을.

거기에 도달할 방법은 배웠다.

스파이의 싸움법. 양성 학교의 최종 강의에서 배우는 개념. 자신의 특기를 살려 적을 속이는 자신만의 속임수.

"……사기술."

자신의 모든 삶을 스파이의 기술로 승화시킨다.

괜찮다고 혼자 중얼거렸다. 그 답은 이미 찾았다.

◇◇◇

휴식을 끝낸 빅스가 아지랑이 팰리스의 정원을 걷고 있으니, 조금 전의 자신처럼 돌바닥에 꼴사납게 누워 있는 빈드를 발견했다. 옷은 아까보다 더 망가져 있었다.

빅스는 그를 내려다볼 수 있는 위치로 걸어갔다.

"제가 쉬는 동안 또 패배했군요. 용케 그렇게 빠른 페이스로 도전하네요♪."

"……시끄러워."

언짢게 대답한 빈드가 몸을 일으켰다.

"남은 시간은 많지 않아. 『봉황』이나 『등불』, 둘 중 하나가 외국으로 나가면 이런 수준의 훈련은 불가능해져. 한 번이라도 더 많이 도전해야 해."

후들거리는 다리로 일어나려고 했다. 또 클라우스에게 도전할 생각이리라.

동료와 함께 책략을 구사하여 클라우스를 함정에 빠뜨리는 훈련과는 별개로, 빈드와 빅스는 격투 훈련으로서 클라우스에게 정면으로 승부를 청하고 있었다. 허를 찌르는 수법 같은 건 쓰지 않고, 그저 단검 한 자루로 클라우스와 싸웠다.

빈드의 집념은 비정상적이었다.

하루에 몇 번이나 클라우스에게 돌격하고 패배하는 것을 반복하고 있었다. 거만한 빈드가 연패하는 모습을 보고 『등불』의 소녀들을 포함한 다른 멤버들은 솔직히 고소해하기도 했지만, 이제는 두려움마저 느끼고 있었다.

다른 멤버들이 하는 것은, 말하자면 클라우스에게 한 수 배우는 시합 같은 거였다. 아무리 진지하게 임해도, 지더라도 본전은 찾는다는 분위기가 있었다.

하지만 빈드는 모든 싸움을 사투처럼 임했다.

뚜렷한 실력 차이 따위 안 보이는 것처럼 클라우스를 죽일 듯한 기세로 달려들고, 불꽃이 튈 만한 힘으로 단검을 맞부딪쳤다.

귀기가 감도는 그 자세는 어느새 『봉황』뿐만 아니라 『등불』에도 긴장감을 주고 있었다.

가히 수라라고 표현해야 할 훈련 자세였다.

다만 빅스는 그 모습을 보고 있을 수가 없었다.

"좀 더 동료와 연계하죠♪."

떠나려고 하는 빈드의 등에 대고 말했다.

"앞으로 클라우스 선생님과 동급인 실력자와 마주했을 때, 지금처럼 혼자 덤비고 참패할 셈인가요? 멍청이예요? 혼자서는 임무를 달성할 수 없을 때도 있어요♪."

"……."

"우리도 『등불』처럼 협력해야 해요. 왜 그걸 모르는 거죠?"

뒤돌아본 빈드의 눈은 몹시 차가웠다.

"—시시해."

"……!"

"동료네 연계네, 듣기 좋은 말을 똑똑한 척 내뱉은 건 필시 기분이 좋겠지. 하지만 실제로 너는 내 움직임을 따라올 수 있나?"

빅스는 주먹을 세게 움켜쥐었다.

그는 언제부터 이렇게나 오만한 태도를 보이게 되었을까, 이를 갈았다. 스파이 임무가 되면 사람을 깔보고, 비웃고, 그리고 거부하는 듯한 시선을 보냈다.

빈드는 어이없다는 듯 어깨를 으쓱였다.

"네가 하는 말은 자신의 낮은 차원에 맞춰 달라는 애원으로밖에 안 들려."

싸움을 걸고 있는 거라고 이해했다.

안 받아 줄 이유가 없었다.

"코드 네임 『상파』— 떠올라 부술 시간입니다♪."

빅스는 슬쩍 팔을 흔들어, 신체에 숨겨 뒀던 채찍을 꺼내 힘껏 휘둘렀다.

단순한 기습이 아니었다.

빅스의 괴력을 발휘하면 어떤 일격이든 필살이 될 수 있다.

채찍의 끝부분은 음속을 뛰어넘어 공기가 터지는 소리를 내며 빈드의 몸을 때렸다. 그 몸이 크게 휘청거렸다.

잡았다고 느낀 찰나, 빈드의 몸이 사라졌다.

"코드 네임 『비금』— 물어뜯는 시간이 되어라."

이어서 목덜미에 차가운 온도가 느껴졌다.

단검의 칼등이 닿아 있었다.

"역시 약해."

목소리를 듣고서야, 빈드가 자신의 옆으로 이동하여 단검을 들고 있다는 걸 알아차렸다. 언제 봐도 이해할 수가 없었다.

공격을 흘리고 적을 기습하는 반격순살(反擊瞬殺).

빅스가 기억하는 것보다도 훨씬 빨랐다. 클라우스와의 훈련으로 한층 더 연마된 걸까.

"지금의 네 실력 따위로는 날 보조하지도 못해."

"……윽."

채찍을 떨어뜨렸다.

빈드는 시시하다는 듯 한숨을 쉬고서 몸을 돌렸다. 의논은 끝났다고 그 뒷모습이 말하고 있었다.

"……아디 씨는."

빅스가 중얼거렸다.

"……지금 이 상황을 보고 뭐라고 할까요?"

"아디는 죽었어."

빈드는 차갑게 말했다.

"—지금은 내가 『봉황』의 보스야."

◇◇◇

빅스는 『봉황』의 현 상태에 위기감을 느끼고 있었다.

저번 임무 때 크노의 보고를 빈드에게 전하지 않은 것은 단순한 심술이 아니었다.

빈드는 깨달아야 했다. 빅스가 말하기 전까지 **크노를 전혀 신경 쓰지 않았다는 사실을.**

그게 바로— 현재 『봉황』이 안고 있는 비틀림이었다.

『화염』이 붕괴된 직후, 딘 공화국의 스파이망은 괴멸적인 상태였다.

공화국의 스파이 사정에 정통한 『거광』 기드가 배반하면서, 가르가드 제국을 상대로 첩보 활동에 힘쓰던 동포들이 차례차례 살해당했다.

『화염』의 유일한 생존자인 『화톳불』 클라우스의 분투만으로는 한계가 있었다.

대외정보실의 실장은 총 스물일곱 곳의 양성 학교에서 성적 우수자를 모아 급히 졸업 시험을 실시하라고 명했다.

그중에서 톱6의 성적을 거둔 멤버로 결성된 것이 『봉황』이었다.

그야말로 드림팀. 졸업 시험 1등, 당시 『잔향』이었던 빈드는 예전에 『화염』의 전설적인 저격수 『포락』 게르데로부터 가르침을 받아 교관을 능가하는 실력자였다. 2등, 『기뢰』 빅스는 격투 기술이 뛰어나서, 훈련 중에 잠입해 있던 가르가드 제국의 스파이 두 명을 구속한 실적이 있었다. 5등, 『투영』 팔마는 이미 우수한 스파이로서 활약 중이던 오빠와 동등한 재능을 가져서 차세대 최강의 여성 스파이로 주목받고 있었다. 6등 『해골』 크노는 연속 살인범으로 투옥됐었다는 이색적인 경력이 있었고, 4등 『영리(怜悧)』 큐르는 졸업 시험에서 크노와 싸워 승리했다.

우연이 거듭되어 졸업 시험에서 3등이라는 성적을 거둔 『염직(染織)』 란을 제외하면, 각 양성 학교의 정상에 있던 엘리트들뿐이었다.

그런 새로운 팀의 보스로 배속된 것은 아직 20대 후반인 여성이었다.

"뭐? 무리무리무리무리무리무리무리무리무리무리무리무리."

처음 결성됐을 때, 그 여성은 자주 한탄했다.

—『원공』 아디.

원래 해군 정보부 소속이었지만 4년 전에 대외정보실로 스카우트되었다고 했다. 둥글게 머리를 깎은, 성실해 보이는 여성이었다. 실력은 있지만 경험은 부족한 엘리트들을 이끄는 것이, 이미 스파이로서 많은 임무를 수행 중인 그녀의 역할이었다.

하지만 처음 만났을 때, 그녀는 「무리야!」라고 어린아이처럼 아우성쳤다.

듣자 하니, 경험이 풍부하다고는 해도 줄곧 조직의 말단으로서 잡무를 수행했을 뿐이라고 했다. 대외정보실이 인재난을 겪고 있지 않았다면 팀의 보스가 될 수 없었을 존재였다.

"분명! 다들 나보다 훨씬 우수하겠지! 이야~! 왜 내가 보스인 걸까! 이거 참 큰일 났네!"

전혀 대화가 안 되는 아디를 보고서 다들 침묵했었다.

—진짜 이 보스로 괜찮은 건가.

그렇게 시선을 교환하며 멤버끼리 불안을 공유했다.

최악에는 사실상의 보스를 따로 두면 되나, 하고 생각하기 시작했을 즈음, 울적해하던 아디가 갑자기 고개를 들었다.

"코드 네임을 바꾸자!"

""""""""허?""""""""

"이제 될 대로 되라지! 다 같이 하나의 팀을 만드는 거니까. 맞추자, 맞추자! 그게 팀을 만드는 첫걸음이야!"

그 후, 아디는 근심을 떨쳐 낸 것처럼 신난 모습으로 자기소개와 역할 임명 등을 수행해 나갔다.

—좋게 봐줘도 우수한 스파이라고는 할 수 없었다.

—하지만 결코 무능한 보스는 아니었다.

그녀의 밝음은 처음으로 임무에 도전하는 멤버들의 긴장을 누그러뜨렸다. 자존심 센 엘리트 간에 생기는 알력을 완화했다. 처음에는 멤버끼리 협력하는 일 따위 전무했지만, 아디를 보조하기 위해 연계할 수밖에 없게 되었다.

임무지에서 갑자기 「얘들아, 미안! 저쪽에서 미아를 주워 와 버렸어!」라며 말썽거리를 가져오는 아디를 빈드와 빅스가 「다시 데려다 놔, 바보 여자」 「스파이가 타국에서 자선 사업을 하면 어쩌자는 건가요♪」라며 차갑게 노려보고, 팔마가 「뭐 어때~」라며 달래고, 큐르가 「또 담당을 조정해야겠네요」라며 미간을 짚고, 크노가 「……옳다. 이게 몇 번째인가」라며 한숨을 쉬고, 란이 의기양양하게 팔짱을 끼고서 「우리 보스는 어쩔 수 없구려」라며 받아들였다.

보스의 뒤치다꺼리를 하기 위해, 부하는 자연스럽게 단련되었다.

임무 중에 몇 번이나 「헤이, 얘들아! 또 사과할 일이 생겼어!」라면서 뻔뻔하게 나오는 아디를 매도하며 『봉황』은 하나로 뭉쳐 나갔다.

—그렇기에 그녀가 죽은 날, 『봉황』은 큰 결손이 생겼다.

아디는 룽청에서 현지 마피아에게 살해당했다. 임무와는 관계없는 아이를 감싸고 총알에 맞는다는 그녀다운 최후였다.

그녀의 순직은 바로 대외정보실에 보고했지만, 돌아온 것은 「다음 보스는 한동안 파견할 수 없다」라는 허망한 통보였다. 대외정보실의 인재난은 계속되고 있었다.

보스 부재라는 위기에, 남아 있는 것은 경험이 부족한 신참 스파이뿐.

그런 상황 속에서 멤버를 이끌기 시작한 사람은 빈드였다.

"다음 보스를 찾을 때까지 내가 『봉황』을 이끌겠어."

그는 냉담한 눈으로 선언했다. 반론을 허락하지 않는 음성이었다.

실제로 그는 잘 해냈다. 팀을 지휘하면서, 가장 위험한 잠입 임무는 직접 실행했다. 다른 멤버를 케어하면서, 필요하다면 냉혹하게 적을 도륙했다.

처음에는 그래도 괜찮았다.

하지만 그것이 새로운 문제를 만들었다.

—빈드의 성장 속도를, 아무도 따라가지 못하게 되었다.

◇◇◇

격투 훈련—이라기보다 일방적인 구타가 끝나자, 클라우스는 임무가 있다면서 외출했다.

「우연히 친해진 시계 장인」이라는 설정으로, 가르가드 제국에서 찾아온 무역 회사 사장과 점심을 먹을 거라고 했다. 잘 풀리면 딘 공화국의 스파이를 보낼 연줄이 생긴다. 중요한 임무를 앞두고서도 훈련을 봐주는 여유를 과시했다.

그 타이밍에 릴리가 담화실로 모두를 소집했다.

담화실에서는 티아와 큐르가 뭔가를 노트에 적고 있었다.

아무래도 작전이 완성된 듯했다.

클라우스를 제외한 『등불』과 『봉황』의 모든 멤버가 모이자, 그레테가 계획을 발표했다.

"……현금 수송 전의 보스를 습격하죠."

오늘 저녁, 클라우스는 현금을 대외정보실 본부로 수송한다.

그걸 다 같이 습격하겠다고 했다.

의외로 심플한 작전을 듣고 빈드가 얼굴을 찌푸렸다.

"수송 전? 수송 중이 아니라?"

"거금을 수송하는 중에는 보스도 평소보다 더 바짝 긴장하고 있을 겁니다. 승산은 없습니다."

"하지만 결국 전투로 승부인가……. 인정하고 싶지 않지만, 수송 전이어도 승산은 희박할 것 같은데."

"네, 불가능합니다."

그레테는 고개를 가로저었다.

"습격을 틈타 보스의 몸에 발신기를 붙이는 것이 진짜 목적입니다. 예의 그 횡령 누명 계획을 성공시키기 위해 대외정보실의 재무 담당과 접촉할 필요가 있겠죠."

파탄 났다고 생각됐던 작전을 실행하겠다고 했다.

이번에는 란이 의아해하며 고개를 갸웃했다.

"음? 하지만 릴리 공이 말하길, 그걸 알고서 클라우스 공과 접촉하면 클라우스 공은 위화감을 품고 작전을 간파한다고 하지 않았소?"

"네. 그러니 『등불』과 『봉황』이 콤비를 짜서 습격합니다. ……익숙하지 않은 조합이니, 다소 위화감이 있는 편이 더 자연스럽겠죠."

"과연. 위화감을 없애는 게 아니라 일부러 위화감을 남기는 것인가."

란이 납득한 듯 고개를 끄덕였다.

"맞아요! 즉, 『등불』과 『봉황』의 우정 작전이에요!"

방 중앙에서 릴리가 주먹을 높이 들었다.

"예전에 룽청에서 싸웠던 과거는 잊기로 해요! 이제는 함께 딘 공화국의 첩보망을 맡는 동지! 저희가 만드는 결속의 유대는 클라우스 선생님도 뛰어넘을 거예요!"

대단히 힘이 담긴 목소리였다.

그 기세를 받은 것처럼 그레테가 페어를 발표해 나갔다. 기본적으로 『봉황』 한 명에게 『등불』 한 명이 붙는다고 했다. 빈드에게는 모니카, 팔마에게는 사라 등등 멤버가 배정되었다.

빅스와 콤비가 된 사람은 지비아였다.

"……너랑 페어냐."

"참아 주세요♪."

싫다는 표정을 짓는 지비아를, 빅스는 생글생글 웃으며 맞이했다.

그 후, 각 콤비는 저마다의 장소로 이동했다. 『등불』의 소녀들은 이미 위치를 파악하고 있는지 「큐르 언니, 현관 쪽이야」 「응, 서두르지 않아도 돼」「크노 씨, 우리는 지붕이야」「……그래. 알았다」라며 아지랑이 팰리스 각처로 『봉황』을 유도했다.

빅스는 지비아가 선도했다.

"우리도 가자. 비밀 통로 바로 옆이야."

"음. 네♪."

비밀 통로란, 위장용 종교 학교와 아지랑이 팰리스의 부지를 잇는 지하 통로를 말했다. 점심 식사 후 돌아온 클라우스를 제일 먼저 습격하는 포지션이었다.

할 일은 심플한 격투.

오전 중의 패배, 그리고 빈드의 거절이 싫어도 떠올랐다.

건네받은 샌드위치를 먹으며 기다리길 약 한 시간. 돌아오는 클라우스의 발소리가 들렸다.

지하에서 나타난 클라우스를 협공하는 위치로 이동했다.

"가자, 빅스!"

지비아의 목소리를 들으며, 빅스는 손에 든 벽돌을 클라우스의 우측에서 던졌다. 지비아는 그 타이밍에 맞춰 클라우스의 왼쪽에서 목을 향해 단검을 찔렀다.

몇 번 같이 움직이고 알았는데, 지비아는 타인과 호흡을 아주 잘 맞췄다. 태도와는 달리, 상당히 섬세한 배려가 곳곳에서 엿보였다.

클라우스도 동시에 대처한다는 선택은 하지 않고, 도망치듯 전진하여 피했다.

'이렇게 빈드 군과 연계할 수 있다면 얼마나 좋을까요…….'

그렇게 생각하지 않을 수 없었다.

본래 그들은 나란히 선 관계였다. 졸업 시험에서는 1등 자리를 두고 싸웠고, 처음 『봉황』이 결성됐을 때는 둘 다 육체파 스파이로서 전선에서 함께 싸웠다.

그런데 어느새 빈드의 등이 멀었다.

뛰어서 거리를 벌리는 클라우스의 등을 쫓으며, 주먹에 힘을 줬다.

'강해지고 싶어……!!'

땅을 힘껏 밟고 강하게 박찼다. 빅스의 괴력은 폭발적인 가속을 낳는다. 완급 조절이 빈드만큼 극적이진 않지만, 일시적인 스피드와 파워만 따지면 빅스는 여기 있는 모두를 능가한다.

'빈드 군과 나란히 설 수 있게!'

지비아와 빅스뿐만 아니라, 다른 곳에서 대기하던 동료들도 돌아온 클라우스를 포위하듯 움직이고 있었다.

거의 전방위에서 가하는 공격. 한 명의 인간이 대처할 수 있을 리 없었지만—.

"그런데— 이 놀이에 언제까지 장단을 맞춰 주면 되지?"

마음이 들뜨는 순간을 저격하듯 냉담한 목소리가 울렸다.

◇◇◇

아지랑이 팰리스의 담화실에 열네 명의 인간이 와이어로 묶여 나뒹굴고 있었다.

엘리트든 낙오자든 구별 없이, 다들 양쪽 손발을 구속당해 누워 있었다. 최근에는 익숙한 광경이었다.

그 중앙에서는 클라우스가 태연한 얼굴로 손을 탁탁 털고 있었다.

"다소 인원이 늘어나기만 했지, 더 나아진 게 없어. 결국 돌격해 올 뿐인가. 궁리가 너무 부족해."

"으으, 발신기를 붙이지도 못하다니……."

릴리가 분한 듯 떨었다.

『봉황』과 『등불』의 잘 맞는 콤비 플레이였지만, 결국 클라우스에게 굴복할 수밖에 없었다. 아무리 힘을 써도, 단순한 전투로는 그를 이길 수 없다.

클라우스는 맥이 빠진 듯 고개를 가로저었다.

"나는 대외정보실 본부에 다녀오겠어. 잘 반성해 두도록."

현금을 수송하려는 것이리라.

삐뚤어진 안경을 쓴 채 쓰러져 있는 큐르에게 「비밀번호는?」이라고 묻고, 담화실에 놓인 금고를 열었다.

"음…… 돈이 없는데."

몇 초 후, 의아해하는 목소리가 들렸다.

"빈드, 너희가 확보했다는 현금은 어디 있지?"

"뭐?"

"금고에 없어."

직후, 『봉황』 멤버가 경악하며 황급히 몸을 일으키기 시작했다.

클라우스가 연 금고 안은 텅 비어 있었다. 동전 하나 들어 있지 않았다. 그들이 넣어 뒀을 터인 현금이 몽땅 사라진 상태였다.

"아니— 이상해."

빈드가 곧장 말했다.

"금고에는 감시원을 뒀어. 비밀번호는 아무에게도 알려 주지 않았고. 열 수 있을 리가……."

아지랑이 팰리스 내여도 『봉황』은 긴장을 늦추지 않았다. 그들 입장에서 『등불』의 소녀들은 만난 지 얼마 안 된 자들이라, 누군가가 나쁜 마음을 먹을 수도 있다고 생각했다. 절대 금고 앞을 떠나지 않았고, 비밀번호는 누구에게도 가르쳐 주지 않았다.

클라우스에게 현금을 넘기는 것까지가 『봉황』의 일이었다. 그들은 강한 책임감을 가지고서 일을 수행했다.

"—아."

그때, 란이 얼빠진 목소리를 냈다.

다른 멤버들의 시선이 모이자, 그녀는 미안한 듯 눈을 내리깔고서 말했다.

"아, 아까 빈드 오빠가 와서, 소생에게 열라고 명령해서—."

납득했다는 듯 빈드가 고개를 끄덕였다.

완벽하게 타인 행세를 할 수 있을 만한 변장 기술을 가진 사람은 한 명뿐이다.

"빨간 머리, 네가 변장했나."

"……네, 저희가 훔쳤습니다."

담화실 구석에 묶여 있던 그레테가 자력으로 구속을 풀며 고개를 끄덕였다.

"……『등불』 전원이 『봉황』을 유도하여, 금고 앞에 란 씨만 있는 상황을 만들었습니다. 금고에 있던 현금은 다른 곳으로 옮겼습니다."

"뒤에서 『등불』한테만 다른 계획을 전한 건가."

빈드가 분한 듯 입술을 깨물었다.

"하지만 목적을 모르겠군. 왜 그런 거지?"

"……보스를 협박하기 위해서입니다."

그레테는 빈드에게서 시선을 떼고 클라우스를 응시했다.

"……보스. 현금을 받고 싶다면 『항복』 선언을."

클라우스가 유쾌하다는 듯 눈을 감았다.

"거절한다면?"

"처분하겠습니다. 저희는 잃어버려도 상관없습니다. 이 경우에 책임은 금전을 지키지 못한 『봉황』에게 있으니까요."

""""""""——!!""""""""

『봉황』 전원이 눈을 동그랗게 뜨고서, 말로 표현할 수 없는 소리를 냈다.

그레테가 준비한 책략의 전모가 마침내 밝혀졌다.

『등불』과 『봉황』이 합동으로 클라우스를 습격—하는 척 『봉황』의 멤버를 유도하여 금고에 있는 돈을 훔치고 클라우스를 협박하는 것.

이때라는 듯 릴리, 모니카, 지비아가 의기양양하게 웃었다.

"당연하죠. 이 돈을 클라우스 선생님에게 넘기는 것까지가 『봉황』의 일인걸요."

"뭐, 너희가 멋대로 아지랑이 팰리스에 현금을 보관했을 뿐, 우리한테는 아무런 책임도 없고."

"아쉽게 됐네~ 게다가 마침 묶여 있어서 아무것도 못 하잖아. 응? 불만 있으면 우리가 훔쳤다는 증거를 내놔, 증거를."

소녀들이 즐겁게 따졌다.

이에 『봉황』 멤버는 얼굴을 실룩였다.

"이 녀석들 엉망진창이오." "증거고 자시고, 아까 그레테가 『훔쳤습니다』라고 말했잖아." "……옳다. 우정 작전은 어디로 갔는가?"

하지만 아무리 말을 늘어놓은들 『봉황』이 돈을 도둑맞는다는 실수를 했다는 것은 변함없었다.

옆에서 대화를 듣고 있던 클라우스가 팔짱을 꼈다.

"뭐, 『봉황』이 임무에 실패하든 말든, 나는 딱히 신경 쓰지 않는데."

「신경 써」라고 빈드가 태클을 걸었다.

"하지만 국고에 들어갈 예정인 거금을 잃어버리는 건 스파이로서 그냥 넘어갈 수 없지."

그랬다. 빈드 일행이 뺏은 『타락론』의 활동 자금은 200만 덴트라는 엄청난 거금. 사람 한 명의 평생 연봉에 필적할 만한 금액이었다.

이게 국고에 들어가서 대외정보실의 예산에 계상되면 여러 타깃을 매수할 수 있을 것이다. 복지에 쓴다면 생계가 곤란한 자가 사람처럼 살 수 있다.

그 사실을 클라우스는 쉽사리 간과할 수 없을 터다.

"……자, 보스. 결단을."

그레테가 클라우스에게 한 발짝 다가갔다. 그녀의 손에는 리모컨이 들려 있었다.

"10초 안에 대답해 주시지 않는다면 금전은 즉각 처분하겠습니다."

그녀는 엄지를 리모컨 버튼에 올렸다.

『봉황』 멤버가 전원 숨을 삼켰다. 저항하려고 해도, 클라우스에게 완벽히 구속당해서 아무것도 할 수 없었다.

클라우스는 고민하는 기색을 보이더니 이윽고 입을 열었다.

"……아니, 대단히 아깝지만, 『항복』이라고 말할 수는 없어."

"""""네에?!"""""

『등불』의 소녀들이 외치자, 클라우스는 유감스럽다는 듯 한숨을 쉬었다.

"이건 『표적이 국가 기밀을 실토하게 한다』라는 실전을 상정한 훈련이야. 본인의 재산이라면 모를까, 국가의 돈이 다소 줄어든다고 해서 기밀 정보를 실토하는 자는 없어."

클라우스는 자세히 설명했다.

물론 클라우스나 딘 공화국에 타격을 준다는 점은 달성됐지만, 이 정도로는 기밀 정보를 알아낼 수 없다고 했다. 출처를 따지면 범죄 조직이 번 돈이고, 설령 잃더라도 딘 공화국이 큰 타격을 받을 만한 액수도 아니었다.

그 설명을 듣고서도 릴리는「끄으응」하며 물러나지 않았다.

“저, 정말로 돈을 처분해 버릴 거예요! 리모컨을 꾹 누르면 콰광~이에요!”

“““““““하지 마!!”””””””

『봉황』 멤버들이 외쳤다.

“마음대로 해. 곤란해지는 건『봉황』뿐이야.”

“““““““당신도 조금은 말려!!”””””””

『봉황』 멤버들이 한층 더 크게 외쳤다.

릴리와 클라우스가 서로를 노려보고『봉황』이 조마조마하게 바라보는 시간이 한동안 이어졌다.

“……한계군요.”

이윽고 그레테가 한숨을 쉬었다.

“……포기하죠. 다만 모처럼 훔쳤으니. 보스, 금전을 건네드리는 대신, 그 수송에 한 명이 따라갈 권리를 주세요…….”

“음. 뭐, 그 정도라면 상관없어.”

이리하여 이번 훈련으로도 클라우스에게서『항복』이라는 말을 들을 수는 없었다.

딱 하나 약속을 받아 낸다, 라는 성과만을 간신히 남겼다.

◇◇◇

릴리가 크게 기지개를 켜고 웃었다.

"아까웠어요~ 금액이 더 컸다면 이겼을지도 모르는데."

「……너희는 진짜 엉망진창이야」라고 빈드가 투덜거렸다.

훈련 후 반성회를 여는 것은 『등불』이나 『봉황』이나 똑같았다.

가끔은 저녁이나 같이 먹자며 정원에서 바비큐 파티를 하는 흐름이 되었다. 장을 보러 나가는 자와 불판을 준비하는 자로 나뉘어 반성할 점을 꼽아 나갔다. 그레테의 책략에 관한 감상, 습격의 연계 등 재검토할 점은 많았다.

「사라 공은 습격이 한 박자 늦소」라는 『봉황』의 지적이 있는가 하면, 「팔마 씨는 너무 동료한테 맡기는 거 아니야?」라는 『등불』의 의견도 나왔다.

그 밖에도 지금껏 자각하지 못했던 「지비아가 다른 팀에게 빠르게 적응하는 게 대단하다」 「아네트는 크노에 비해 쓸데없이 물건을 파괴하는 경향이 있다」 「큐르는 위험 관리가 허술하다」 등등 다른 사람과 비교하여 알게 된 새로운 발견도 많았다.

때때로 말싸움이 촉발되면서 대화를 이어 나갔다.

『등불』의 새로운 교실— 클라우스가 인도한, 학생끼리 서로 가르치는 배움터.

"제법이야, 빨간 머리."

도중에 빈드가 그레테에게 말했다.

"훌륭한 아이디어야. 우리 『봉황』 전원을 속였나."

"저 혼자만의 힘은 아닙니다, 빈드 씨……."

그레테는 고개를 가로저었다.

"『등불』이 다 같이 『봉황』을 속인 겁니다."

"……."

빈드가 눈을 살짝 크게 떴다. 일순 망설이는 듯한 한숨이 흘러나왔다.

그레테는 작게 인사하고서 그의 곁을 떠났다.

◇◇◇

클라우스의 현금 수송을 따라가는 건 그레테였다.

식사 준비는 동료에게 맡기고, 두 사람은 현관홀에서 만났다. 그레테는 마치 데이트하러 가는 것처럼 외출용 사복으로 갈아입고서 클라우스 옆에 섰다.

아지랑이 팰리스의 현관을 나서니 저물기 시작한 석양빛이 비쳤다. 정원에 심긴 꽃들을 어렴풋이 비추고 있었다.

부지 밖에 세워 둔 자동차로 가며, 그레테는 희미하게 미소 지었다.

"……보스, 저는 새로운 꿈을 가지기로 했어요."

"꿈?"

"스파이로서 진력하여 이윽고 세계가 지금보다 평화로워지면 보스가 제일선에서 물러나는 날이 오겠죠……. 그때, 당신 곁에서 웃고 싶어요……. 가족처럼……."

석양이 그녀의 뺨을 발갛게 물들였다.

"그게 저의 다음 목표예요……."

클라우스는 짧게 「그런가」라고 말했다. 대답은 짧았지만, 목소리에는 미미한 열이 있었다. 다른 소녀에게는 절대 보여 주지 않는 눈으로 그레테를 마주 보았다.

"그렇다면."

클라우스는 중얼거렸다.

"지금보다 더 성장해야겠어."

"네……. 앞으로도 지도를 부탁드립니다……."

"—극상이야."

두 사람은 한동안 말을 나누지 않고서 나란히 걸었다.

부지의 끝자락에 다 왔을 때, 클라우스가 「음?」 하고 물었다.

"그런데 현금은 어디 있지?"

"수송하기 쉽도록 현물로 바꿔 뒀습니다. 200만 덴트를 그대로 장거리 이송하는 건 안전성이 떨어지니까요."

"……그렇군. 내가 지킨다고 해도 경계하는 게 가장 좋지. 뭐로 바꿨지?"

"결혼반지입니다."

"……."

그레테가 주머니에서 작은 상자를 꺼냈다. 상자에는 특대 핑크 다이아몬드가 여러 개 박힌 상당히 화려한 반지 두 개가 나란히 있었다.

그레테는 그중 하나를 들고서 고개를 살짝 기울였다.

“보스, 손을 내밀어 주세요. 하나는 보스가, 또 하나는 제가 옮기기로 하죠.”

“…….”

클라우스는 그레테가 내민 반지를 지그시 바라보며 말을 잇지 못했다. 하지만 도망칠 수는 없었다. 현금 이송에 누군가 한 명을 데려가겠다고 아까 약속했다.

“……너는 설마 이것까지.”

“후후, 예상대로입니다…….”

드물게도 멍한 모습인 클라우스를 보며, 그레테는 요요하게 미소 지었다.

◇◇◇

빅스는 그런 두 사람의 모습을 아지랑이 팰리스의 창문으로 보고 있었다. 바비큐 재료를 둘러싸고 싸우는 집단에서 벗어나 눈을 가늘게 뜨고 있었다.

‘제법이네요. 『등불』의 넘버 2♪’

『봉황』을 이용해 클라우스를 협박하다니, 생각도 못 한 기책이었다.

그레테의 평가를 고쳤다.

'원래 『변장』이라는 특기 자체가 속이는 일이니까요. 배리에이션이 좌우간 넓어요. 그걸 살릴 만한 지모도 있고요. 꽤 우수한 스파이가 되겠죠♪'

그 뛰어난 사기술을 뭐라고 부르면 좋을까. 『선동』이나 『행세』라는 틀에는 들어가지 않는다. 속임수의 폭은 다른 스파이를 크게 웃돈다.

아군도 적군도 모두 속이며, 클라우스를 향한 사랑을 위해 전부 이용한다.

—『사련(邪戀)』.

그렇게 부르는 게 맞을 것 같았다.

『애랑』이라는 스파이의 싸움법, 그리고 삶 자체일 것이다.

'역시 『등불』은 재미있어요♪'

빅스는 무심코 미소 지었다.

아까 봤던 광경이 떠올랐다. 그는 그레테가 빈드를 에둘러 나무라는 순간을 목격했다.

'아마 지금의 『봉황』을 바꿔 줄 것은—.'

유쾌한 미래를 상상했다.

동료를 계속 거부하는 빈드와, 그걸 따를 수밖에 없는 멤버들. 이 상황을 타파해 줄 것은—.

문제를 전부 떠넘기고 있음을 깨닫고, 빅스는 자조하듯 어깨를 으쓱였다. 하지만 자신이 바꿀 수 없는 이상, 그녀들에게 걸어 볼 수밖에 없었다.

그 대신이라고 하기엔 뭐하지만, 자신도 『등불』을 자극해 주자며 그는 가만히 웃었다.

자신은 미움받는 역할을 하면 된다. 얄밉게, 심술 맞게, 주위를 계속 도발하자. 분명 『등불』은 답해 주리라. 그녀들의 승부욕은 엄청나니까.

창문에서 몸을 돌렸다.

"그럼 다음은 역시 지비아를 도발할까요♪ 가장 크게 성장할 것 같아요♪."

그렇게 타깃을 정한 빅스는 짓궂게 웃었다.

추상④ 남자 모임

“여성진이 『여자 모임』을 개최한 모양이니 우리도 남자 모임을 열까요♪.”

그런 빅스의 호령하에 남자들은 응접실에 모였다.

빅스가 소집한 것은 클라우스, 빈드, 크노였다.

빅스는 열심히 준비했다. 딘 공화국 제일의 스파이라고 불리는 클라우스와의 식사에 들떠 있었다. 비싼 술과 안주를 잔뜩 준비하여 남자 모임에 임했다.

“……음, 맛있어.” “그러게, 나쁘지 않아.” “……옳다.”

울고 싶어질 만큼 분위기가 심심했다.

모임이 시작된 지 30분, 대화다운 대화는 거의 없었다. 그저 밥과 술을 먹어 대는 빈드. 맞장구 정도만 치는 클라우스. 그리고 원래 과묵한 크노.

웃음소리 따위 전혀 나지 않고, 입으로 음식을 옮길 뿐인 시간이 흘러갔다.

냉정히 생각해 보면 당연한 멤버이긴 했지만, 빅스는 어깨를 떨궜다. 클라우스를 위해 준비한 진미를 전부 빈드가 먹은 것도 마음에 안 들었다.

「음, 뭔가 낙담한 것 같은데」라고 클라우스가 말했다.

"네, 좀 더 대화가 이루어질 줄 알았거든요♪ 이 정적은 뭔가요♪."

"그렇군. 뭔가 화제를 준비해 준다면 얘기하겠지만."

"클라우스 선생님이 과거에 수행한 임무에 관해 꼭 듣고 싶어요♪."

"……어려운데. 『화염』의 임무는 국내의 최상위 기밀 정보와 관련이 있어."

클라우스에게 말을 걸어 봐도 이렇게 두루뭉술한 대답만 돌아왔다. 그 밖에도 스파이 기술을 물어봤지만, 추상적인 답이 돌아올 뿐이었다.

참고로 그러는 동안에 빈드와 크노는 거의 침묵했다. 분위기를 띄우려는 생각조차 없었다.

이에 빅스는 폭발했다.

"이건 임무예요♪."

""""음?""""

"가르가드 제국의 스파이가 국내 불법 카지노의 이익을 횡류하여 국회 의원을 매수하고 있다는 의혹이 있어요. 우리는 진상을 알아내기 위해 불법 카지노에 잠입하여 남성객 사이에 녹아들어야 해요. 그런 상황에서도 그렇게 재미없는 얼굴로 있을 건가요?"

""""…………….""""

빅스에게 도발당한 클라우스, 빈드, 크노는 고개를 숙이고서 침묵했다.

동시에 표정을 다잡고 얼굴을 들었다.

"이봐, 크노. 좋은 술을 얻었는데 어때?" "……좋다. 미안하군. 설마 당신 같은 사람이 따라 주는 술을 마시게 될 줄이야." "그냥 마시기만 하는 건 재미없지. 클라우스, 트럼프에서 진 녀석이 샷 글라스 석 잔을 마시는 건 어때?" "좋은 술을 뭐라고 생각하는 거지." "……옳다. 하지만 나쁘지 않다." "흥, 마지막엔 『항복』이라고 말하게 해 주지."

"갑자기 화기애애해졌어?!"

빅스가 의외라는 듯 눈을 부릅떴다. 실력을 생각하면 할 수 있는 게 당연하지만, 마치 딴사람이 된 것처럼 포커를 시작하려 드는 세 사람을 보니 위화감만 느껴졌다.

"처음부터 그렇게 해 달라고요♪."

"임무 중인 것도 아닌데 왜 내가?" "나도 동감이야." "……옳다, 지친다."

"아아, 진짜! 음침한 녀석들밖에 없네요!!"

빅스가 테이블을 때렸다.

충격으로 붕 떠오른 크래커와 위스키병은 클라우스와 빈드가 솜씨 좋게 캐치했고, 크노가 감탄하며 고개를 끄덕였다.

"팔씨름을 하죠♪."

빅스가 외쳤다.

""""허?""""

"이렇게라도 안 하면 흥이 안 나잖아요! 아니면 승부에서 도망칠 건가요?"

빅스가 도발적으로 입가를 비틀고서 팔을 내밀었다.

제일 먼저 반응한 사람은 빈드였다. 「어쩔 수 없는 녀석이야」라고 중얼거리고서 장소를 이동했다.

테이블 옆에 팔꿈치를 댄 두 사람은 손을 맞잡고서 서로를 격렬하게 노려보았다.

클라우스가 「시작」이라고 선언했다. 빈드가 맞잡은 손을 자신 쪽으로 당겼다. 팔이 당겨지면서 빅스의 팔꿈치가 위로 들렸다. 클라우스가 「팔꿈치가 떨어졌어. 승자 빈드」라고 판정했다.

"망할 새끼야아아아아아! 오늘이야말로 짓밟아 주마아아아아!!"

평소보다 몇 배는 더 거친 말투로 격앙한 빅스가 빈드에게 달려들었다. 클라우스와 크노는 귀찮다는 얼굴로 일어났고, 그대로 남자 모임은 끝나게 되었다.

또한 이 소동이 펼쳐지고 있을 때, 홀 쪽에서는 여성진이 편히 쉬고 있었다. 릴리와 지비아는 소란을 들으며 「남자도 시끄럽네요~」 「그러게~」라며 태평하게 차를 마셨다.

5장 case 큐르

“『타락론』의 최고 간부들이 『처형인』의 추적자를 따돌렸어.”

빈드가 꺼낸 말을 듣고 『봉황』의 멤버는 숨을 삼켰다.

밤, 빈드의 호령으로 『봉황』은 『등불』의 소녀들 몰래 아지랑이 팰리스의 담화실에 소집되었다. 그 시점에 좋은 예감은 안 들었지만, 전달받은 사실에 낙담했다.

—양성 학교의 학생이었던 자들이 결성한 범죄 집단 『타락론』.

『봉황』의 활약으로 구성원은 대부분 잡아서, 완전 적발까지 이제 세 명 남은 단계까지 몰아넣을 수 있었다.

나머지는 『처형인』이라는 동포 살해 전문 기관에 인계했는데—실패한 듯했다.

빈드가 불만스러운 듯 팔짱을 꼈다.

“녀석들은 『처형인』 두 명에게 중상을 입히고서 도망쳤다고 해. 국외 도망을 꾀하고 있다는 게 상부의 예상이야.”

담담히 말했다.

“—『봉황』에 명령이 내려왔어. 『타락론』의 최고 간부를 죽이라고.”

곳곳에서 한숨이 흘러나왔다.

저마다 어이없음과 슬픔이 반반쯤 섞인 반응을 보였다.

"결국 이런 결말이 돼 버렸나~."

소파에서 다리를 쭉 뻗고 있던 팔마가 어깨를 떨궜다.

"동포 살해인가~ 역시 내키지 않네~."

"녀석들은 일부이긴 해도 딘 공화국의 기밀 정보를 알고 있어. 국외로 도망치게 둘 순 없어."

빈드가 냉담하게 대답했다.

적어도 그들은 스파이 양성 학교의 소재지, 교육 과정, 학교의 우등생 정보를 알고 있다. 물론 첩보 기관 전체로 보면 미미한 정보지만, 유출되는 걸 그냥 두고 볼 수는 없었다.

"생포하면 안 되는 것이오?"

소파 끄트머리에 앉은 란이 손을 들었다.

"1년 전까지 함께 양성 학교에서 배운 동포를 죽이는 건 역시—."

"……아니. 그게 허락되지 않는 상대인 것이겠지."

고개를 가로저은 것은 담화실 구석에서 팔짱을 끼고 서 있는 크노였다.

그의 옆에서는 빅스도 떨떠름하게 쓴웃음을 짓고 있었다.

"네, 생포하려다가 우리가 죽을 위험을 높일 필요는 없겠죠♪."

지금까지 『봉황』이 붙잡은 자들 정도의 실력이라면 생포는 가능했다. 하지만 적은 『처형인』을 따돌린 실력자다. 얕보고 덤볐다가 반격당한다면 웃어넘길 수 없다.

생존자는 세 명— 수령 『만뢰(萬雷)』, 수령 보좌 『선인(仙人)』, 지도 담당『광제(狂祭)』.

특히『만뢰』는 빈드의 양성 학교 시절 동창이라고 했다. 빈드보다는 못하지만, 꽤 뛰어난 암살 기술을 가지고 있었다.

적당히 봐줄 수 있을 만한 상대는 아니었다.

"근데 빈드 군♪."

빅스가 도발하듯 손을 흔들었다.

"이번 적은 전력을 다해야 할 것 같은데요. 고집을 부릴 때가 아니에요. 이쯤에서 우리도 진심으로 연계하는 건—."

"거절하지."

대답은 짧았다.

전혀 관심 없는 것처럼, 빈드는 빅스와 시선을 맞추려고 하지도 않았다.

"나는 자유롭게 움직이겠어. 너희가 멋대로 따라와."

빅스의 입가에서 미소가 사라졌다.

"……지난번에『등불』에게 당한 걸 잊어버릴 만큼 멍청했나요?"

"그딴 건 고려할 가치도 없어."

"앞으로 클라우스 선생님한테 몇 번을 더 져야 조금은 멀쩡해질까요."

"언젠가 이길 거야. 지금 이 방식으로."

두 사람 사이에 불온한 분위기가 차올랐다.

그 옆에서 큐르가 손으로 얼굴을 덮고 넌더리를 내고 있었다.

'아~ 또 이런다…….'

여러 번 전개됐던 풍경이었다.

자신의 실력을 과시하며 원 맨 플레이를 관철하는 빈드와, 팀의 균형이 무너진 현 상황을 우려하는 빅스의 대립.

매번 서로 으르렁거려도, 결국 보스라는 입장인 빈드를 거스를 수는 없다.

'……빈드는 여전히 똑같나. 살짝 바뀔 조짐이 보일 것 같기도 했는데.'

큐르는 심정적으로 물론 빅스 편을 들고 싶었다.

최근 빈드의 행동은 묵과할 수 없었다. 룽청에서 『등불』과 싸웠을 때도 자신이 다섯 명을 상대하겠다는 터무니없는 작전을 밀어붙였었다. 결과적으로 승리하긴 했지만, 그 작전이 옳았는지는 판단하기 어려웠다. 빈드는 붙잡혔고, 승리의 결정타가 된 것은 빅스였다.

『등불』과의 교류로 조금은 바뀌려나 했지만, 그렇게 잘 풀리지는 않을 성싶었다.

분위기를 바꾸려는 듯 란이 발언했다.

"이 임무는 『등불』에게 말하오?"

"숨겨. 『타락론』에는 같은 학교 출신인 자도 있어. 감싸면 귀찮아져."

빈드가 답하자 팔마와 크노가 「밝은 얘기는 아니니까~」 「……옳다. 수비 의무도 있다」라고 이어서 말했다.

"내가 협력을 얻어낸 자로부터 목격 정보가 도착했어. 녀석들이 나타날 곳은 파악했어."

빈드가 이야기를 정리하기 시작했다.

"내일 밤 습격하여 암살한다."

"……!"

아예 이곳에 없는 것처럼 무시당한 빅스는 입술을 깨물었다.

회의는 그대로 끝났다. 거의 일방적으로 빈드가 계획을 말하는 형태로 진행됐고, 다른 멤버의 의견을 들으려 하지도 않고 해산하여 끝났다.

배고프다고 중얼거린 빈드는 동료에게 눈길도 주지 않고 담화실에서 나갔다. 주방에서 먹을 것을 뒤적거리고 갈 것이다.

큐르는 분한 얼굴인 빅스의 옆모습을 바라보았다.

'이해해, 빅스 군.'

소리 내어 말하지는 않았다. 그런 위로는 그의 자존심을 한층 상처 입힌다.

그저 마음속으로 그를 동정했다.

'이럴 때는 진심으로 『등불』이 부러워져.'

줄곧 과시당하고 있는 기분이었다.

보스와 부하의 실력이 차이 나도, 서로 의지하고 믿는 스파이팀. 서로의 수준을 높이듯 훈련에 힘쓰고, 임무가 되면 멤버 전원이 일치단결한다.

빅스의 짜증은 거기서 생기고 있을 터다.

그건 『봉황』에는 없는 눈부심이었다. 그리고 예전에는 존재했던 따뜻함을 상기시켰다. 『봉황』이라는 팀이 처음 만들어졌을 때를 떠올리지 않을 수 없었다.

'……아디 씨가 있었다면 뭐라고 했을까?'

몇 번이고 생각하게 되었다.

『봉황』이 잃어버린, 팀의 중심이었던 한 여성을.

◇◇◇

―『원공』 아디가 살아 있을 적에, 그녀는 매일같이 혼났다.

"어이, 여자. 대체 언제쯤 임무 외의 일을 하지 말라는 걸 이해할 거지?"

"미안해요. 이제 타깃한테서 눈을 떼지 않을게요. 이번에는 우연히 짐을 든 할머니가 지나갔을 뿐이에요. 힘들어 보였어요. 돕고 말았어요. 하지만 이런 일은 그리 자주 일어나지 않고, 용서해 주면 안 될까요? 빈드 군."

팔짱을 끼고서 경멸의 시선을 보내는 빈드.

그리고 이마를 테이블에 박을 기세로 사과하는 아디.

임무 중에 어이없는 실수를 저지른 그녀가 하염없이 사과하는 상황이었는데, 옆에서 보기에는 태클을 걸 부분이 너무 많았다.

크노가 의아해하며 「……누가 상사지?」라고 지적했고, 팔마가 「빅스 군이 수습했으니까 괜찮아~」라며 달랬다.

룽청에서 임무를 수행하던 중이었다.

『봉황』이 극동 주변의 첩보 기관 정보를 모으던 시기이기도 했다. 양성 학교를 졸업하고 반년 가까이 지나 팀의 토대가 탄탄해져 있었다.

멤버들은 여하튼 아디에게 휘둘렸다.

사람은 착하지만 스파이로서의 능력은 현저히 낮은 여성. 경험은 풍부하기에 지휘관을 맡고 있으나, 곧잘 임무 외의 일에 정신이 팔려서 실수를 했다.

그리고 그럴 때마다 빈드가 격노했다.

하지만 역시 매번 있는 일인지라, 이날은 빈드도 일찌감치 그만뒀다.

"뭐, 좋아. 하여간 정말로 이번이 마지막—."

"그러고 보니."

아디가 기뻐하며 주머니를 뒤적였다.

"할머니한테 오렌지를 받았는데, 괜찮으면 먹을— 과즙이 눈에 들어갔어어어?!"

그녀가 내민 오렌지를 빈드가 단검으로 절단했다. 과즙이 아디의 얼굴에 튀었고, 그녀는 바닥을 데굴거리며 몸부림쳤다.

"다음엔 모가지야."

"내가 보스인데?!"

"그에 걸맞은 품격을 지녀."

빈드는 상관하지 않고 침실로 갔다.

줄곧 옆에서 보던 큐르는 한숨을 쉬고서 아디에게 수건을 내밀었다.

"어, 으음, 아디 씨, 괜찮아요?"

"고마워, 큐르. 아, 오렌지 먹을래?"

"됐어요."

"혼자 먹어야지."

아디는 잘린 오렌지를 마침 잘됐다며 먹기 시작했다.

천진하다고 할까, 맹하다고 할까, 아무튼 자유로운 사람이었다. 제멋대로 행동하는데 어째선지 미워할 수 없는 축복받은 성격을 가지고 있었다.

"죄송해요. 빈드가 화내면 저희도 말릴 수가 없어서."

"응~? 괜찮아~ 잘못한 사람은 나니까."

"일단 아디 씨는 상사고……."

"괜찮아, 괜찮아. 빈드 군은 나한테 화낼 때가 제일 즐거워 보이는걸. 가끔은 이렇게 발산하게 해 줘야지."

아디는 오렌지를 입에 넣으며 즐겁게 웃었다.

당연히 주위에서 「……아니. 혼난 쪽이 할 말은 아니다」「이쯤 되니 그릇이 커 보이오」라는 태클이 난무했지만, 본인은 헤실헤실 웃고 있었다.

그리고 곧이어 진지한 표정을 지었다.

"……정말 걱정된단 말이지, 빈드 군."

"네?"

"좀 과하게 성실해."

아디가 말했다.

"합리적으로 살아도 부족감이 채워질 리 없는데 말이야. 겉만 그럴싸한 합리성을 위해 안 맞는 사상을 잘라 내도, 더 큰 초조함에 사로잡힐 뿐인데."

"……."

갑자기 나온 말을 듣고 잠시 말문이 막혔다.

이런 사람이었다.

임무에서는 관찰안 따위 발휘하지 않는데, 때때로 동료의 심정을 꿰뚫어 본 것 같은 날카로운 말을 했다. 정보를 알아 오지도 않으면서, 뭔가를 시사하거나 힌트를 주는 말을 난데없이 중얼거렸다.

다른 동료는 상대하지 않았지만, 큐르만큼은 그 말을 받았다.

"부족감, 이요?"

"그래. 재는 줄곧 굶주려 있잖아? 아마 복수하려고 스파이 일을 하는 타입이지 않을까?"

"……."

"마음의 결손을 메꾸는 건 합리성이 아니야."

아디는 창밖을 보았다.

"절반으로 이지러진 달님은, 보는 방식을 바꾸면 만월이니까."

잘 이해할 수 없었지만 「달님」 하고 되뇌었다.

아디는 다시 헤실거리며 웃었다.

"응. ―그래, 바로 본인에게 말해 주러 갈까."

"또 혼날 거예요."

『원공』 아디를 잃고 나서 알았다.

스파이로서의 역할은 서로 커버할 수 있어도, 그녀의 역할만큼은 누구도 맡을 수 없다.

그 아늑했던 시간은 돌아오지 않는다.

다들 아디에게 어리광 부리고 있었다. 자유롭게 아디에게 불평하던 시간이야말로 감정을 자유롭게 내뱉고 대화하는 실마리가 됐었다.

그 빈틈을 메꿀 방법은, 아직 누구도 알지 못했다.

◇◇◇

회의가 끝난 후, 큐르는 한숨 돌리러 정원으로 이동했다.

멍하니 별하늘을 올려다보며 생각에 잠겼다.

아지랑이 팰리스는 마을 주민들이 볼 수 없도록 주위 일대가 벽으로 막혀 있어서 바람이 잘 통하지 않았다. 하지만 이날은 습기를 머금은 바람이 불고 있었다.

'……? 『등불』 애들은 어디 있지?'

건물이 유난히 조용하다는 것을 문득 깨달았다.

복도를 걷는 소리가 들리지 않았다. 평소에는 누군가가 허둥지둥 뛰어다니는데.

하지만 잘된 일이었다.

머리카락을 쓸어 올려 귀를 노출시켰다.

'미안…… 좀 악취미지만……'

귀신같은 청력— 그것이 큐르의 특기였다.

유별난 청각을 가지고 있어서 상황 파악이나 도청이 특기였다. 그야말로 스파이 활동에 적합한 큰 강점이었다. 숨을 고르고 귀에 의식을 집중했다.

'—지금은, 너희에게서 뭔가를 배우고 싶은 기분이야.'

『등불』이 『봉황』을 바꿔 줄 거라고 믿고 있었다.

'우리 『봉황』이 다시 태어날 힌트를 주지 않을래?'

그래서 혼자 귀를 기울였다. 기도하듯 눈을 감고서.

『등불』의 소녀들은 두 방에 나뉘어 있는 것 같았다.

◇◇◇

아지랑이 팰리스의 구석에 있는 침실에 『등불』의 소녀 네 명이 모여 있었다.

—아네트, 릴리, 지비아, 모니카.

아네트의 침실은 공구와 정체불명의 기계가 어질러져 있었다. 무심코 건드리면 사고가 벌어질 수도 있기에, 해먹에 앉은 아네트를 제외한 세 명은 저마다 안전해 보이는 장소를 확보하고 있었다.

"나님! 중대 발표가 있어요!"

먼저 아네트가 몸을 흔들며 외쳤다.

지비아와 릴리는 유쾌하게 코멘트했다.

"오오, 아네트가 집합시키다니 별일이네."
"무슨 일이에요? 운동 신경이 좋은 멤버를 다 모으고."
아네트 외 세 명은 갑자기 방으로 끌려왔다. 『실행조』라는 그룹에 소속되어 임무의 최전선에 서고, 비상시에는 적과 전투하는 일도 많은 멤버였다.
모니카가 귀찮다는 듯 얼굴을 찌푸렸다.
"……솔직히 안 좋은 예감밖에 안 드는데."
한시라도 빨리 떠나고 싶은지, 발로 바닥을 두드리며 짜증을 보이고 있었다.
아네트 하면 『등불』 최대의 문제아. 멀쩡한 제안을 한 적이 없다.
그 평가에 이견은 없기에, 지비아와 릴리도 작은 목소리로 「……뭐, 이해해」「일단 도망칠 준비는 해 두죠」라고 속닥거렸다.
일동은 별 기대 없이, 세 사람을 모은 당사자의 말을 기다렸다.
아네트가 활짝 웃으며 말했다.

"나님! 『봉황』한테 복수하려고요!"

"""찬서어어어어어어어어어어어어어어엉!!"""
세 사람은 일제히 태도를 바꿨다.
"그 녀석들 너무 눌러앉아 있다고!" "조금쯤은 보복하죠!" "나도 찬성, 나이스 아이디어야."
곧바로 한 손을 높이 들고 찬동했다.

음식을 도둑맞거나 휴가를 방해받는 등, 『등불』에게 『봉황』은 성가신 존재였다. 진심으로 싫어하지는 않아도 한 번쯤 보복하고 싶다고 생각하는 것은 필연적인 감정이었다.

그리고 이런 장난에는 행동이 빠른 것이 『등불』의 소녀들이었다.

평소 야단법석을 경원시하는 모니카조차도 이번만큼은 이견을 내지 않았다.

"그럼 바로 작전을 짜기로 하죠!"

릴리가 호령하며 즉시 의논을 시작했다.

정보 누설을 막기 위해 다른 멤버에게는 비밀로 하기로 했다.

◇◇◇

장난 계획을 짜기 시작한 멤버를 제외한 다른 소녀들도 별개의 목적으로 집합해 있었다.

—티아, 에르나, 그레테, 사라.

그녀들은 티아의 침실에 소집되어 있었다. 갑자기 티아가 동료들의 방을 돌며, 시간 있는 사람은 와 달라고 부탁했기 때문이다.

마지막으로 부탁받은 사라가 침실에 도착하니, 방의 상부에 커다란 종이가 붙어 있었다.

【『등불』 긴급 수사본부 『우인』 에르나 부유 사건】

또 에르나가 사건에 휘말린 듯했다. 어느새 신흥 종교 단체의 수장으로 추앙받은 실적이 있으니, 무슨 일이 일어나도 이상하지 않지만.

침실 중앙에 티아가 당당히 섰고, 옆에는 에르나가 있었다. 그녀들의 정면에는 그레테가 의자에 앉아서 마른침을 삼키며 지켜보고 있었다. 사라는 그런 그레테 옆으로 갔다.

티아가 소리 높여 말했다.

"모여 달라고 한 건 다름 아닌 금일 미명 에르나에게 일어난 불가사의한 사건 때문이야. 그걸 해명하는 게 바로 우리의 사명이야."

너무 뜬금없는 말이라서 사라는 눈을 깜빡였고, 그레테는 「하아……」라며 고개를 갸웃했다.

아랑곳하지 않고 티아는 옆에 선 에르나의 등을 두드렸다.

"우선 피해자의 증언부터."

"이젠 아예 단골이 된 피해자야!"

될 대로 되라는 듯한 자기소개를 한 후, 에르나가 이야기했다.

"금일 미명, 아직 자고 있던 에르나는 갑자기 몸이 흔들려서 깼어. 어느새 정원의 공중에 떠 있었어. 이불에 둘둘 감겨 있어서 움직일 수 없는 상태였어."

"네에……?"

"그 후의 일은 기절해서 몰라."

생각보다 더 막연한 내용이었다.

꿈을 꾼 게 아닐까, 하고 의심하게 됐지만, 에르나의 슬픈 표정을 보건대 진실인 듯했다.

사라가 일단 「다치진 않았습까?」라며 걱정했고, 그레테가 「그래서 부유 사건……」이라며 납득했다.

다행히 에르나가 깨어났을 때는 다시 방이었고 다친 곳은 없었다고 한다.

티아는 동정하듯 「증언 고마워」라고 말하고서 야무진 표정으로 얼굴을 들었다.

“솔직히 범인은 아네트라고 생각하지만.”

“제 생각도 그렇습다.”

“다만 이번에는 용의자가 더 있잖아?”

상당히 의미심장한 말투였다.

일순 무슨 말인지 이해하지 못했다가 헉하고 숨을 삼켰다.

“혹시 『봉황』분들임까?”

“그래, 맞아.”

“아, 아뇨, 그건 역시 아니겠죠.”

확실히 그들은 최근 거의 매일 아지랑이 팰리스에 숙박하고 있었다. 새벽에 에르나의 방에 숨어드는 일도 가능하긴 할 것이다.

“……그분들이 그런 일을 할까요?”

그레테도 의문을 꺼냈지만, 티아는 고개를 가로저었다.

아무래도 근거가 있는 듯했다.

“실은 『봉황』엔 수상한 점이 있어. 꿍꿍이가 있는 게 아닐까, 하는 생각이 들 정도로는. 아니, 틀림없이 『봉황』은 뭔가를 꾸미고 있어.”

진지한 얼굴로 말했다.

“『봉황』에는 남자가 세 명이나 있는데, 아무도 나를 밤에 초대하지 않아……!!”

“……생각보다 하찮은 이유임다.”

사라가 차갑게 태클을 걸었지만, 티아는 아연실색한 얼굴로 몸을 떨었다.

“어떻게 생각해도 우리를 방심시키고서 뭔가를 꾸미고 있는 거야! 이런 건 이상해! 클라우스 선생님뿐만 아니라, 남자가 세 명이나 나한테 관심을 보이지 않는다니!”

“그냥 신사적인 거 아님까?”

“아냐. 그들이 예전에 우리한테 뭘 요구했는지 잊었어?”

“……? 아, 확실히 보스를 내놓으라고 한 적은 있었지만.”

사라는 뒤늦게 떠올렸다.

예전에 『봉황』은 클라우스를 보스로 데려가려고 한 적이 있었다. 하지만 『봉황』은 그 권리를 얻고서도 스스로 포기했다. 이제 끝난 이야기였다.

사라는 크게 한숨을 쉬었다.

‘……또 티아 선배가 냉정함을 잃은 모양이네요.’

멘탈이 약한 티아는 간혹 히스테리를 부릴 때도 있었다.

티아라면 분명 『「봉황」과 「등불」이 동거……?! 남녀의 교합이 발생할 게 틀림없잖아! 후후, 불타오르는걸?!』이라며 의욕을 불태웠을 것이다.

하지만 『봉황』의 남성진은 티아를 전혀 건드리지 않은 모양이다.

그 결과, 그녀의 자존심은 크게 상했고, 음모론을 주장할 만큼 몰리게 되었다.

"역시 말도 안 됨다, 티아 선배."

자신이 냉정하게 타이를 수밖에 없다고 사라는 판단했다.

온화한 목소리로 말했다.

"아무리 보스를 갖고 싶더라도 그런 일까지 하지는 않을 검다. 한 달 가까이 저희를 속이고, 몰래 뒤에서 알 수 없는 부유 실험을 하다니, 그건 역시—."

"가능성이 있어요……!!"

"그레테 선배?!"

옆에 있던 그레테가 갑자기 동의했다. 창백해진 얼굴로 눈을 부릅뜨고 있었다.

"……보스를 손에 넣기 위해서라면 2년이나 3년은 당연합니다. ……신기술을 개발하는 것도 마다하지 않을 터……. 앞뒤가 맞습니다……."

"……."

클라우스가 엮이면 극단적으로 지능이 떨어지는 동료를, 사라는 슬프게 바라보았다.

이리하여 어영부영 『봉황』의 소행 수사를 시작하게 되었다.

◇◇◇

큐르는 아지랑이 팰리스의 정원에서 전부 듣고 있었다.

—『봉황』에게 장난을 치려고 하는 아네트, 릴리, 지비아, 모니카.
—『봉황』에게 엉뚱한 혐의를 두고 수사를 시작하는 티아, 사라, 그레테, 에르나.

자세히 듣지는 못했지만, 대충 파악할 수는 있었다.
"……."
원래는 그녀들에게 『봉황』을 바꿀 힌트가 있지 않을까 기대하고 도청한 것이었다.
하지만 얻은 것은 알 수 없는 흥과 기세로 주고받는 실없는 소리들이었다.

"제정신이 아닌 녀석들뿐이야아아아아아아아아아아아아아아!!"

큐르의 비명 같은 절규는 밤하늘에 빨려 들어갔다.

◇◇◇

이튿날 아침, 아지랑이 팰리스의 정원에서 보기 드문 2인조가 대화를 나누고 있었다.

크노는 릴리가 관리하는 독초용 가든 옆에 가정 텃밭 공간을 멋대로 만들어 채소를 키우고 있었다. 근처 농원에서 양도받은 화분을 옮겨 심거나, 혹은 한 달 만에 수확할 수 있는 래디시 등을 심었다.

그 나름대로 『등불』에게 준비한 답례였지만, 별로 이해받지 못하고 꺼림칙하게 여겨지고 있었다.

일과로 물을 주는 크노 곁으로 클라우스가 찾아왔다.

"줄곧 말을 걸려고 했지만 좀처럼 타이밍이 안 맞더군."

"……옳다. 무슨 일이지?"

크노가 손을 멈추고 돌아보자 클라우스가 말했다.

"—나랑 어딘가에서 만난 적 없나?"

"……."

"내가 잘못 기억하는 거라면 됐고. 그저 그런 느낌이 들 뿐이야."

"……옳다. 가면을 썼는데 용케 알아차렸군. 당시와는 체형도 달라졌거늘."

"역시 그랬나. 즉, 그 가면은—."

"……아니. 그저 내가 부끄럼이 많아서 그렇다."

"……? 그런 걸로 해 둘까. 옛날이야기는 삼가지. 사람도 온 것 같으니까."

두 사람은 나직한 음성으로 말을 주고받았다.

그런 가든에 한 소녀가 달려왔다.

"클라우스 선생님!!"

큐르였다.

아침 인사도 없이 큰 목소리로 불렀다. 이른 아침부터 전력으로 뛰어다녔기에 숨을 헐떡이며 어깨를 크게 들썩이고 있었다. 얼굴도 빨갰다.

"무슨 일이길래 그렇게 야단이지?"

이상하게 여긴 클라우스가 묻자 큐르가 외쳤다.

"부하들의 폭주를 말려 주세요!!"

"무리야. 포기해."

"내용을 듣지도 않았는데?!"

클라우스는 듣고 싶지도 않아서 고개를 가로저었다. 폭주한 『등불』의 소녀들은 그도 버겁다.

난처한 듯 큐르가 눈썹을 내렸다.

"아무튼 말려 주세요. 이대로 가면 임무에 지장이 생겨요."

그녀가 엿들은 『봉황』 장난 계획과 『봉황』 음모 수사에 관해 설명했다. 크노가 「……옳다. 터무니없는 녀석들이다」라며 어이없다는 반응을 보였다.

클라우스는 가볍게 한숨을 쉬었다.

"알았어. 시답잖은 짓은 하지 말라고 말해 두지."

"좀 더 강한 말로 제지해 주세요. 저희는 지금 상당히 예민한 임무를 수행 중이거든요."

"『타락론』 관련이던가."

"그런 거예요."

큐르는 피곤해 보이는 쓴웃음을 짓고서 「아무튼 잘 부탁드릴게요」라며 고개를 숙이고, 다시 뜀박질해 아지랑이 팰리스의 현관으로 돌아갔다.

손윗사람이더라도, 정당한 요구라면 주눅 들지 않고 확실히 말한다.

그런 큐르의 자세를 클라우스는 좋게 느껴서, 크노에게 한마디 양해를 구하고 그 자리를 떠났다. 『등불』 멤버를 찾으니, 가든에 물을 주러 나온 소녀를 발견했다.

"릴리, 듣자 하니 『봉황』에 보복을 꾀하고 있는 모양이군."

"네?! 역시 선생님. 벌써 들켰나요?!"

물뿌리개를 양손으로 든 릴리의 눈이 동그래졌다.

클라우스는 잠시 생각했다.

'어떻게 전하면 좋을까…….'

폭주할 때가 많은 소녀들이지만, 클라우스가 진심으로 질책하면 계획을 그만둘 것이다. 기본적으로 고분고분했다. 하지 말라고 하거나 그만두라고 충고하면 그녀들은 순순히 따른다.

그리고 언어 능력에 난점이 있는 클라우스도 중요한 안건은 심플한 말을 사용해 확실하게 전달하려고 신경 쓰고 있었다.

하지만 이번에는 좀 더 강한 말로 제지해 달라고 부탁받았다.

'그렇지. 보통 같으면 『바보 같은 짓은 하지 마라』라고 했겠지만…….'

망설인 후, 말했다.

"그 행위는 거센 탁류 속을 한 손으로 헤엄치는 것과 같아."

"……하아."

릴리가 애매한 표정으로 고개를 끄덕이며 그의 말을 곱씹었다.

일단 『위험』이나 『무모함』을 시사하고 있다고 이해했지만—.

'응? ……신중하게 하라는 걸까요?'

—역시나 통하지 않았다.

◇◇◇

해가 저물기 시작했을 때, 『봉황』은 움직였다.

항만 노동자의 사택이 모여 있는 구역과, 고아와 노숙자가 모이는 빈민가의 딱 중간. 지난번에 갱단 간의 항쟁이 일어났던 지점과도 멀지 않았다. 조잡하게 지어진 콘크리트 집합 주택이 늘어서 있고, 썩은 내가 감돌았다.

밤이 되면 이 지역 일대의 거리에서 사람의 모습은 사라진다.

전기료를 낼 여력도 없는 사람들은 해가 떨어지면 일찌감치 잠들어 버렸다. 그리고 새벽에 일을 구하기 위해 항구 근처를 떠돌았다. 총성이 울리는 것 정도에는 깨지 않는다.

그런 동네가 만들어 내는 어둠 속에서 빈드와 큐르는 합류했다.

“『등불』 애들은 클라우스 선생님한테 막아 달라고 부탁해 뒀어. 이쪽엔 안 올 거야.”

큐르가 보고하자 빈드는 특별히 관심도 없는지 「그런가」라고 고개를 끄덕였다.

이미 암살 미션은 시작된 상태였다.

다른 멤버는 다른 장소에서 활동하고 있었다. 빈드는 『등불』 따위 안중에 없는 듯했다.

“크노와 란이 불법 입국자로 위장하여 낮부터 잠입해 있어.”

빈드가 단적으로 설명했다.

“밀입국 전문 브로커와 접촉할 수 있었어. 오늘 밤, 세 명쯤 톨파 대륙으로 운반할 예정이라고 해. 브로커가 받은 계약금에 예의 그 마크가 있었어.”

예의 그 마크란 『봉황』이 실시한 공작이었다.

금속 가공 공장에서 항쟁을 벌였던 밤, 그들의 금고에서 활동 자금 대부분을 빼앗았지만, 일부는 일부러 남겨 뒀다. 완전히 금전이 떨어지면 시민을 습격할 수도 있었다. 무색투명한 마크를 새기고, 생존자의 손에 넘어가도록 공작했다.

「확정이네」라며 큐르가 고개를 끄덕였다.

“그래. 집합 장소에 온 녀석들을 사냥한다.”

두 사람이 있는 곳은 버려진 빌딩의 3층이었다.

지어진 것은 20년 전. 예전에는 수입 식품을 취급하는 기업이 이용했던 것 같지만 세계 대전의 영향으로 도산했고, 지금은 폐빌딩만 남아서 노숙자가 쓰고 있었다. 그 주민에게 돈을 주고 방 한편을 양도받았다.

창문으로 일대를 둘러볼 수 있었고, 브로커가 지정한 집합 장소도 확인할 수 있었다.

"그런데."

갑자기 빈드가 중얼거렸다.

"—저건 방해되는군."

"빈드?!"

큐르가 제지할 새도 없었다.

3층 창문에서 도약한 빈드는 튀어나온 간판을 밟아 낙하 속도를 죽이고 1층에 내려섰다. 그대로 폐빌딩 뒤편으로 달려갔다.

큐르는 눈으로 좇는 걸 포기하고, 뛰어난 청각으로 상황을 파악했다.

빈드 앞에서 어린아이 세 명 정도가 비명을 지르고 있었다. 이곳이 어떤 동네인지를 고려하면 길거리 생활을 하는 아이들일 것이다. 겁을 먹은 듯한 앳된 목소리였다.

"너희는 뭐야? 여기서 뭐 하고 있는 거지……?"

빈드가 싸늘하게 물었다.

아이 한 명이 쭈뼛거리는 목소리로 말했다.

"그, 그게…… 저희는, 돈을 받아서, 이곳에 사람이 있으면 보고하라고……."

"떨어져 있어. 그리고 누구에게도 보고하지 마. 알았으면 떠나."

아이들은 긴장한 듯 「네」라고 대답하고서 달려갔다.

빈드는 가볍게 고개를 끄덕이고 원래 있던 폐빌딩으로 돌아왔다.

미루어 보건대, 저 고아들은 『타락론』의 인간이 고용했을 것이다. 『처형인』을 경계하여, 돈으로 고용한 현지 아이에게 정찰을 맡긴 걸까.

'……원래는 눈치채지 못한 척하는 게 좋지만.'

『봉황』으로서는 아이를 방치하여 「아무도 없었다」라고 『타락론』에 보고하도록 하는 편이 좋았다.

하지만 그 이익보다도 아이가 휘말릴 수도 있다는 위험을 처리하는 걸 우선한 걸까.

빈드는 때로 냉혹한 수단도 사용하지만, 나라의 이익을 제일로 생각한다.

그걸 좋게 여기면서도 으스스한 심정이었다.

'아무리 『타락론』 사람들이 만만치 않아도—.'

숨을 삼키고 말았다.

'—지금의 빈드에게 노려지면 살아서 돌아갈 수는 없을 거야.'

적이 경계하더라도 죽일 수 있다는 자신감이 느껴졌다.

아이에게 육박했던 속도는 큐르가 기억하는 그의 움직임을 넘어서 있었다. 원래부터 군더더기가 없었던 움직임이 더 연마되어 있었다. 클라우스와 훈련한 성과일까.

큐르가 있는 3층으로 돌아온 빈드가 「움직임은 있나?」라고 물었을 때, 마침 손에 든 무전기에 신호가 들어왔다.

빅스가 연락한 것이었다.

긴급성이 높은 내용이었다. 「뭐?」라고 말해 버릴 만큼.

"……란이 행방불명됐다고……?!"

단독으로 움직이던 그녀가 홀연히 사라져 버렸다고 했다.

빈드가 불쾌한 듯 「녀석들이 움직이기 시작했나」라고 중얼거렸다.

◇◇◇

그날 밤, 아랑크 항구 근처에서 활동 중인 것은 『봉황』뿐만이 아니었다.

강아지가 코를 실룩거리며 기운차게 달려 나갔다. 사라가 그 뒤를 쫓아 달렸고, 티아, 그레테, 에르나가 그 뒤를 이었다.

—『봉황』의 소행 조사를 시작한 네 명이었다.

멋대로 『봉황』을 의심한 티아의 호령하에 멤버 일부를 추적하기로 했다. 묘하게 적극적인 그레테와 에르나가 부탁해서 사라도 마지못해 함께하고 있었다.

"『봉황』 사람들은 항구 쪽에 모이고 있는 것 같네요……."

일단 사라가 코멘트했다.

강아지의 후각을 이용한 미행은 특기였다. 추적당하는 상대가 알아차리지 못할 만큼 거리가 있어도 『등불』의 소녀들은 추적할 수 있었다. 클라우스와의 훈련이 낳은 기능이었다.

『봉황』 멤버의 냄새를 쫓으니 치안이 안 좋아 보이는 구역에 다다랐다.

"……묘하네요. 무슨 목적으로 이런 곳에."

그레테가 표정을 흐렸다.

"『타락론』 임무는 이미 끝났을 터……. 이런 심야에 이렇게 외진 곳에 올 이유가 없습니다……. 설마 정말로 비밀 작전이……?"

다른 멤버도 주위를 경계했다.

폐빌딩과 오래된 목조 주택, 어딘가 퇴폐적인 분위기를 풍기는 집합 주택, 반사회 단체의 사무소. 걸어갈수록 수상쩍었다.

이윽고 보인 것은 수도국 사무소였다.

그 창문의 블라인드 틈새로 누군가의 모습이 보였다.

"헉! 저기에 빅스 씨가 있어!"

티아가 말했다. 낯익은 청년이 사무직원으로 위장하여 서 있었다. 옆에는 팔마인 것 같은 여성도 있었다.

멤버들은 일제히 행동을 개시했다.

"여기 있으면 들킬 거야. 이동하자." "옆에 옥상으로 갈 수 있을 듯한 빌딩이 있어!" "사라 씨, 조니 씨에게 도청기를 달아서 보내주세요……." "아, 알겠슴다……!"

네 사람은 잘 연계하여 그들을 도청하기 시작했다.

사라는 『솔직히 돌아가고 싶슴다』라고 토로하고 싶은 것을 필사적으로 참았다.

◇◇◇

사라 일행이 감시하고 있는 줄도 모른 채, 빅스는 근심 어린 한숨을 쉬고 있었다.

그와 팔마는 수도국 직원으로 위장하여 활동 중이었다.

누수를 조사하겠다며 주변 가옥에 침입하여 『타락론』이 있는 곳을 찾고 있었다. 하지만 따로 행동하던 란으로부터 보고가 끊기면서 도중에 중단할 수밖에 없었다.

무전기로 빈드의 대답이 전달되어, 빅스는 어깨를 으쓱였다.

"빈드 군의 지시예요. 란 씨의 수색은 맡기겠다고 하네요♪."

목소리는 밝았지만, 미미한 짜증이 섞여 있었다.

"부하가 위기여도 직접 나서지는 않으려는 모양이에요♪ 수색에 편리한 큐르 씨를 옆에 데리고 있으면서."

큐르의 뛰어난 청각은 사람을 찾는 데 유용하다.

밀입국을 위한 집합 지점은 빅스와 팔마가 감시하고, 란 수색은 빈드와 큐르가 맡는 것이 적절하다고 생각했지만— 기대는 빗나갔다.

빈드가 직접 『타락론』과 전투하여 혼자 결판을 내기 위해서일까. 전투가 벌어지기 쉬운 지점에서 움직이지 않으려 하는 것은 아마 그런 이유이리라.

"빈드 군은 그런 사람이니까~."

옆에서 팔마가 태평한 목소리로 말했다.

"뭐 어때. 우리끼리 란을 구하러 가자~ 끌고 갔다는 건 바로 죽이지는 않겠다는 걸까~?"

혹은 다른 장소에서 고문하고 있을지도 모른다.

유예는 없을 듯했다. 수도국 사원증을 움켜쥐고서, 란의 소식이 끊긴 곳 주변을 찾기 위해 사무소에서 뛰쳐나갔다.

하지만 동료를 위해 발을 움직이면서도, 빅스는 다른 화제를 꺼냈다.

"좋은 기회니까 묻겠는데—."

팔마에게 고요한 시선을 보냈다.

"—당신은 어떻게 생각하죠? 『봉황』의 현 상황을."

"응~?"

"저는 위기라고 생각해요♪ 저는 그 남자가 무슨 생각을 하는지 모르겠어요. 클라우스 선생님에게 계속 지고 있는 상황에서 아무것도 달라지지 않는 건 어리석다고요♪."

임무와 관계없는 질문을 할 때가 아니라는 것은 그도 알고 있었다.

하지만 그래도 묻고 싶어졌다.

『등불』과의 교류 기간이 이제 얼마 남지 않았음은 헤아리고 있었다. 그녀들과의 나날은 『봉황』에 적잖은 영향을 미치고 있었다. 『봉황』이 바뀔 마지막 기회일지도 몰랐다.

그런 초조함이 빅스의 마음을 조급하게 했다.

발을 움직이며, 빅스는 팔마에게 말했다.

“당신은 대국적으로 볼 줄 아는 사람이에요♪ 꼭 의견을 들려주세요.”

◇◇◇

빅스와 팔마를 도청하는 사라 일행은 얼굴을 찌푸리고 있었다. 빌딩 옥상에 숨어서 무전기를 지그시 바라보고 있었다.

무전기에서 들리는 음성은 뜨문뜨문 끊어졌다.

《당신은………… 사람이에요♪ 꼭 ……을 ……주세요.》

불명료하고 소리도 작았다.

수도국 사무소에 있던 빅스와 팔마에게 무전기를 단 강아지를 보냈지만, 그들이 갑자기 사무소에서 뛰쳐나온 탓에 소리가 잘 들리지 않게 되었다.

대체 무슨 얘기를 하고 있는 걸까.

그레테가 냉정하게 「……도청은 실패한 것 같네요」라고 중얼거렸고, 사라가 난감한 듯 「여, 역시 조니 씨도 상대가 뛰어 버리면……」이라고 우는소리를 했다.

하지만 이 사태에도 전혀 동요하지 않는 소녀가 한 명 있었다.

티아가 확신을 얻은 듯 「후후, 나는 알 수 있어」라며 웃었다. 의기양양하게 머리를 쓸어내리고 밤바람에 휘날렸다.

“쌍안경으로 보면 너희도 알 수 있을걸?”

그렇게 재촉해서, 다른 소녀들은 쌍안경을 들었다.

빅스와 팔마의 모습은 아직 추적할 수 있었다. 서두르고 있는 것 같은데, 뭔가 긴장한 얼굴로 대화를 나누고 있었다.

의문스럽게 느끼고 있으니, 티아가 소리 높여 말했다.

"두 사람의 저 분위기— 커플의 데이트 그 자체야!!"

"데이트?"

에르나가 고개를 갸웃했다.

"그래. 저 두 사람은 연애에 적극적인 타입인걸. 이런 수상한 골목에서 단둘뿐, 아무 일도 안 일어날 리가 없어! 분명 《당신은 매력적인 사람이에요. 꼭 오늘 밤을 제게 주세요》라며 꼬시고 있을 거야!"

상당히 난폭한 추측이긴 했지만, 그런 선입관을 가지고서 관찰하니 어쩐지 사랑하는 사이로 보였다. 두 사람은 진지한 표정으로, 인기척이 없는 골목에 들어가고 있으니까.

정말로 데이트일지도 몰랐다.

티아는 고개를 주억거리고서 「그랬구나. 팀원이랑 연애하고 있다면 날 꼬시지 않아도 별수 없지」라며 자신을 납득시켰다. 기분이 좋아 보이니 다행이었다.

"어, 으음."

사라는 곤혹스러운 듯 고개를 갸웃했다.

"즉, 에르나 선배의 부유 사건과는 관계없었다는 검까?"

"음, 그건 그럴지도 모르겠네."

"그럼 수사는 이걸로 끝이라는—."

"하지만 저들의 연애도 궁금하지 않아? 사라는 안 궁금해?"

"……."

사라는 몇 초 정도 굳었다.

그리고 생각을 고치고서 쌍안경을 들었다.

"그, 그렇죠. 후학을 위해." "공부해야 합니다……!!" "으, 응……!"

야릇한 전개에 일동은 무심코 관찰을 이어갔다.

에르나의 사건과 관계는 없지만— 물론 관심은 있었다!

쌍안경 너머에서 마침내 빅스와 팔마가 멈춰 섰다. 서로 말없이 입을 다물고 마주 보았다.

지금부터 키스라도 하려는 게 아닐까 싶은— 그런 표정이었다.

옥상에 있는 네 소녀가 일제히 숨을 삼켰다. 다들 얼굴이 붉어졌고, 쌍안경을 든 손에 힘이 들어갔다. 이마에서 땀이 흐르며 『『『『…………!』』』』 하는 소리가 흘러나왔다.

그때, 뒤에서 날카로운 목소리가 들렸다.

"이봐, 너희. 여기서 뭐 하고 있는 거지?"

"""""어?"""""

옥상 문이 열리더니 세 남녀가 위압적으로 들어왔다.

나이는 사라 일행과 비슷해 보였다. 10대 후반이나 20대 초반.

커다란 안경을 쓴 험상궂은 남자가 선두에 서 있었다. 아이스블루라고 표현해야 할, 얼음 같은 파란 눈으로 보고 있었다. 연한 파란색 셔츠를 입었고, 고요한 살기를 풍기고 있었다.

하지만 티아가 주목한 것은 그 옆에 선 소녀였다.

"어라? 혹시—."

무심코 미소 지었다.

"카나리아 맞지? 나 기억나? 양성 학교에서 같은 방을 썼잖아."

눈까지 덮을 듯 검은 앞머리를 기른 여성이 거기 있었다.

양성 학교 시절의 코드 네임은 『광제』. 외모는 꺼림칙하나 스파이로서는 우수하여 20종류 이상의 직업으로 위장할 수 있는 높은 스킬을 가지고 있었다.

아이스블루색 눈을 가진 남자는 이해했다는 듯 「그랬군」 하며 웃었다.

"그래, 너희가 다음 『처형인』—."

"미안. 나중에 얘기해도 될까?"

"……뭐?"

"너희도 양성 학교를 졸업했구나. 축하해. 쌓인 얘기는 있지만 나중에 하자. 지금 한창 재밌는 때거든!"

티아는 대충 상대하고서 쌍안경을 고쳐 들고 빅스와 팔마 관찰을 재개했다. 다른 소녀들은 진즉에 옥상 밖으로 시선을 되돌린 상태였다.

완전히 무시당한, 옥상에 나타난 세 명은 아연해하며 눈을 크게 떴다.

""""……이 녀석들 뭐야?""""

맥이 빠진 듯한 말이 동시에 흘러나왔다.

◇◇◇

그 무렵, 『개풍』 크노는 기묘한 물체를 발견했다.

『봉황』에서 그는 기본적으로 단독 행동을 허락받아서, 이번 임무도 누구와도 페어를 이루지 않고 움직이고 있었다. 살기를 지우고 조용히 『타락론』의 단서를 쫓았다.

그러다 이상한 광경과 맞닥뜨린 것이다.

공터였던 곳에 수상한 비닐 시트가 쳐져 있었다. 시야를 차단하듯 둘러싸고 있었다. 도시에서는 공사할 때 방음이나 방진을 위해 비닐 시트를 치는 일이 많지만, 크노가 기억하기로 아랑크 인근에서 활동하는 업자는 쓰지 않았다.

비닐 시트 안쪽으로 들어가니 거대한 기계가 보였다.

삼각기둥을 옆으로 넘어뜨린 듯한 토대에 나무가 하나 꽂혀 있었다. 사이즈는 5미터를 살짝 넘었다. 나무는 두꺼운 쇠로 고정되어 있었다.

본 적은 있었다. 지난 세계 대전에서도 참호전에서 사용되었던 병기였다.

"……왜지. 이건 투석기인가?"

"아, 살인귀!"

투석기 뒤에 아네트가 있었다.

들킨 것이 불만스러운지, 그녀는 뺨을 부풀렸다.

"방해돼요! 나님, 여기서 끝장내고 싶은 녀석이 있어요!"

"……아니. 이해가 안 된다."

"나님, 지금 바빠요! 토대가 안정되질 않아요!"

아네트의 손에는 스패너가 들려 있었다.

아무래도 이 기계는 그녀가 만든 모양이었다. 간단하게 분해하고 조립할 수 있는 구조인 듯했다. 그 덕분에 여기까지 옮길 수는 있었는데, 막상 조립하니 무게 때문에 비뚤어져 버린 걸까.

크노는 한숨을 쉬고 아네트 옆에 앉았다.

"……그래. 내가 도와주지."

"응?"

"……뭘 하고 싶은지는 모르겠지만, 너의 엉망진창 발명품으로는 이차 피해가 생길 수도 있다."

"나님! 메롱이에요!"

아네트가 혀를 내밀었지만, 무시하고 자신의 공구를 꺼냈다.

손재주는 뒤떨어져도 근력은 크노가 훨씬 더 세다. 아네트는 할 수 없었던 확실한 보강은 도와줄 수 있었다.

둘이서 묵묵히 작업을 이어 갔다.

그런데 투석기로 뭘 하려는 걸까, 하고 새삼 의문이 들었을 때, 『등불』의 다른 소녀들이 비닐 시트 안에 들어왔다.

"오~ 상당히 튼튼하네요."

"어라, 크노 씨잖아."

릴리와 지비아였다. 한바탕 일을 끝낸 뒤인지 이마에 땀이 맺혀 있었다. 두 사람은 조정을 끝낸 투석기에 감탄한 후, 크노를 발견하고서 멋쩍은 표정을 지었다.

"으음~ 원래는 크노 씨도 『봉황』의 일원이지만."

"뭐, 장난의 대상에서는 제외해 주자. 가장 생활을 배려해 줬고."

들뜬 목소리로 말한 두 사람은 뭔가 납득하고 있었다.

수상쩍은 단어가 들렸기에, 크노는 고개를 갸웃했다.

"……장난?"

"나님 특제, 인간 투척기예요! 이걸로 『봉황』 녀석들을 날려 버릴 거예요!"

아네트가 허리에 손을 얹고서 자랑하듯 밝혔다.

투석기가 아니었던 모양이다. 심지어 노리는 대상은 『봉황』 멤버인 것 같았다.

말문이 막힌 크노 옆에서 지비아와 릴리가 「평범한 투석은 피할 것 같으니까 말이지」「네, 살아 있는 인간을 던지면 받을 수밖에 없죠」라며 즐겁게 얘기하고 있었다.

살인귀조차 몸서리칠 만한 소행이었다.

"……아니. 사망자가 나올 거다."

"어제 아침에 에르나로 실험은 끝냈어요!"

아네트가 활짝 웃으며 실험 결과를 얘기해 줬다.

투척되는 대상은 아네트 특제 충격 흡수 매트와 이불로 감싸면 대미지가 없다고 했다. 그걸 맞는 상대는, 『봉황』 멤버라면 아마도 필시 분명 잘은 몰라도 바라건대 죽지는 않을 거라고 했다.

신경 쓰이는 점이 수두룩했지만, 일단은 가장 불안한 점을 물었다.

"애초에 대체 누굴 던지려고—."

"아까 셋이서 잡아 왔어."

대답한 사람은 손수레를 밀며 비닐 시트 안으로 들어온 모니카였다.

손수레 위에는 전신을 묶인 한 소녀가 있었다.

"……하오!"

란이었다. 손수레가 흔들리며 땅으로 추락했다.

세 명에게 일제히 습격당해 어떻게 해 볼 수가 없었던 모양이다. 게다가 릴리의 독에 당했는지 근육을 움찔움찔 경련시키며 절망한 표정을 짓고 있었다.

"크노 오빠, 이 녀석들 미쳤소……."

"……옳다. 나도 그렇게 생각한다."

한편 『등불』의 소녀들은 척척 준비를 진행해 나갔다. 란을 충격 흡수 매트와 이불로 감싸고 인간 투척기에 태웠다. 날리기 위한 무게 추를 쌓고, 밧줄을 자르면 즉시 발사되도록 조정을 끝냈다.

그러는 동안 크노는 아무것도 할 수 없었다.

아무래도 혼자서는 소녀 네 명을 이길 수 없었다. 란이 무사하길 기도했다.

목표는 모니카가 거울을 사용해 확인하고 있었다. 각도와 거리의 계산도 그녀가 담당하고, 기구는 지비아의 힘으로 조정했다. 쓸데없이 호흡이 딱딱 맞았다.

"뭐 어때요."

릴리가 태평한 어조로 말했다.

“『타락론』 임무는 끝났잖아요? 가끔은 이런 서프라이즈가 있어도 좋죠.”

아직 안 끝났다고 말하기 전에, 모니카가 「왔어」라고 호령했다.

모든 것이 이미 늦은 뒤였다.

소녀들은 「「「「발사아아아아아아아아아아아아!」」」」라고 외치며 즐겁게 밧줄을 절단했다.

◇◇◇

빅스와 팔마는 발을 멈추고서 마주 보고 있었다.

―『봉황』의 현 상황을 어떻게 생각하고 있는가.

팀의 향후를 좌우할 중대한 물음이었다.

늘 달콤하게 미소 짓는 빅스는 입을 굳게 다물었고, 팔마도 평소의 여유로운 표정을 거두고서 또렷하게 눈을 뜨고 있었다.

팔마는 10초쯤 말이 없었지만, 빅스는 재촉하려 들지 않았다.

음식물 쓰레기를 입에 문 들개가 발치로 다가와 스쳐 지나갔다. 기름이 묻은 까마귀가 지면을 기듯이 날아 밤의 어둠 속으로 사라졌다.

그러든 말든, 두 사람은 침묵에 잠겨 있었다.

팔마가 입을 열었다.

Help me...

"—실은 말이지, 별로 신경 안 쓰려나."

"예?"

"오히려~ 지금도 꽤 편안할지도~ 아디 씨에게는 미안하지만~."

입가를 가리고서 몸을 들썩였다. 자조하는 듯한 복잡한 기색의 웃음이었다.

의도를 이해하기 어려워서, 빅스는 작게 침음을 흘렸다.

빅스를 타이르는 듯한 상냥한 음성이 팔마의 입에서 흘러나왔다.

"있잖아, 빅스 군. 우리는—."

그다음 말은 하늘에서 들린 비명에 차단되었다.

"하오오오오오오오오오오오오오오오오오오오오오오오!!"

"——?!"

두 사람은 밤하늘로 시선을 보냈다.

뭔가 커다란 물체가 맹렬한 속도로 날아왔다.

이불 뭉치였다.

반사적으로 피하려고 했지만, 그 이불에서 란의 비명이 들려 발을 멈췄다.

팔마가 날카로운 목소리로 「빅스 군—!!」 하고 지시했다.

지시하기 전에 빅스도 움직이고 있었다. 이대로 란이 땅에 처박히게 둘 수는 없었다. 받을 수밖에 없었다.

하지만 상대는 추정 50킬로그램 전후의 덩어리다. 평범한 인간이 맞으면 확실하게 죽는다.

그걸 알면서도 주춤하지 않았다.

빅스에게는 보통 사람을 뛰어넘는 괴력이 있었다.

포탄처럼 날아오는 이불 뭉치에 결사의 각오로 맞섰다. 온몸의 근육을 최대한으로 가동했다. 그 등을 받쳐 주듯 팔마도 팔을 뻗었다.

충돌— 란을 받은 두 사람은 단숨에 후방으로 밀려났다.

하지만 역시 완벽하게 버틸 수는 없었다.

""어흐아아아아아아아아아아아아아아아아아!""

빅스와 팔마도 함께 후방으로 날아갔다.

◇◇◇

—공터에서.

"""""명중했다아아아아아아아아아아아아아아아아아아아아아!!"""""

아네트, 릴리, 지비아, 모니카는 갈채했다. 쌓였던 울분이 가시는 심정으로 하이파이브를 했다.

크노는 기가 막혀서 말을 잇지 못했다.

—폐빌딩 3층에서.

"방금?! 란의 비명이?!" "……!"

대기하던 큐르와 빈드도 이변을 알아차렸다.

빈드는 즉각 대응했다. 통신기를 확인했다.

"빅스한테서도 연락이 없어……. 둘로 나뉘어 수색한다."

냉정하게 지시를 내렸다. 차례차례 동료들의 연락이 끊기는 것에 불길한 예감을 느끼며 현장으로 질주했다.

—인근 빌딩 옥상에서.

""""이불 뭉치가 날아왔어?!""""

쌍안경으로 빅스와 팔마를 관찰하던 사라 일행은 경악했다.

사랑 고백이라도 할 것처럼 마주 봤던 빅스와 팔마가, 갑자기 하늘에서 떨어진 이불 뭉치를 맞고 날아갔다. 상황을 전혀 이해할 수 없었다.

아무튼 큰일이 벌어졌다고 인식했다.

꿈에서 깨어난 것처럼 소녀들은 현실로 돌아왔다.

"뭐, 뭐죠?! 『봉황』 사람들이 갑자기 공격받았습다……!!"

"하지만 누구야?! 『봉황』과 싸웠던 『타락론』은 이미 괴멸했을 텐데!"

"……아마 생존자가 있던 거겠죠."

"맞아, 분명 앙갚음일 거야. 양성 학교의 퇴학생들이 분명 이 근처에—."

사라, 에르나, 그레테, 티아 순서로 분석하고서 일제히 뒤돌았다.

옥상 구석에 세 남녀가 무료하게 서 있었다.

""""있다?!""""

"……너희는 진짜 대체 뭐야?"

아이스블루색 눈을 가진 남자가 피곤하다는 듯 고개를 가로저었다.

그랬다. 이들이 바로— 양성 학교 출신 범죄 조직 『타락론』의 잔당이었다.

『처형인』의 추적자를 따돌리고서, 실낱같은 희망을 걸고 자신들의 거점이었던 아랑크에 도착했다. 오늘 밤 항구에서 국외로 도망치기로 하고 출항 시간이 다 될 때까지 몸을 숨기고 있었는데, 옥상에 수상한 소녀들이 나타났다. —그것이 일의 경위였다.

"하지만 알 수 있는 것도 있는데……."

아이스블루색 눈을 가진 남자— 『만뢰』 갤럭은 권총을 꺼냈다.

"……여기서 너희를 살려 보낼 순 없다는 거야."

갤럭 일행은 『등불』의 존재 따위 모르지만, 접근한 이상 죽일 수밖에 없다.

살아남기 위해서라면 살인도 주저하지 않는다.

양성 학교 시절에는 최상위 성적을 자랑했었다. 졸업 시험에 도달하기 전에 포기하긴 했지만, 만약 시험을 쳤다면 상위 여섯 명을 위협했을 실력자들이었다.

그리고 사라는 그 사실을 그들이 풍기는 위압감으로 알아차렸다.

등으로 땀이 흐르는 것을 느끼며 사라가 말했다.

"설마 빅스 선배와 팔마 선배를 일격에 쓰러뜨릴 줄이야—."

"그건 진짜 몰라."

갤럭은 확실하게 정정했다.

◇◇◇

위험이 닥치면서 티아는 냉정한 사고를 되찾았다.

언제 야단법석을 떨었냐는 듯 몸의 열이 식고, 현재 상황을 분석했다. 그러면서 은근슬쩍 에르나와 사라를 감싸듯 앞으로 이동했다.

장소는 도망칠 수 없는 빌딩 옥상.

5층 높이에서 떨어져 무사할 수 있는 신체 능력은 가지고 있지 않았다.

'윽, 갑작스러운 위기야……!'

얼굴에 드러내지는 않았지만, 내심 이를 갈았다.

눈앞에 있는 세 사람은 작은 목소리로 대화하며 포메이션을 확인하고 있었다. 아이스블루색 눈을 가진 남자의 이름은 갤럭인 것 같았다.

전투가 벌어지면 불리하다.

스파이 양성 학교의 남학생은 여학생보다 더 격투 훈련에 시간을 할애한다고 『봉황』에게 들었다. 갤럭이란 남자가 소녀들보다 실력이 더 뛰어날 것은 거의 확실했다.

'여기 있는 네 명은 모두 격투에 소질이 없어…….'

또한 티아 일행은 권총조차 가지고 있지 않았다.

뒤에서 에르나가 「불행……」이라고 중얼거렸다. 그러고 보니 이 빌딩을 고른 사람은 그녀였다. 『타락론』이 숨은 빌딩을 집어낸다는 악운이 발휘되어 버렸는가.

티아가 결심하고서 한 발짝 앞으로 나갔다.

할 수 있는 일은 자신들을 그냥 보내 주도록 교섭하는 것.

하지만 당장에라도 죽이려 드는 상대에게 어디까지 통할까.

양손을 든 티아에게 갤럭은 총구를 겨눴다. 그가 방아쇠에 힘을 줬을 때, 옥상 문이 재차 열렸다.

"—헉, 큐르 씨?!"

뛰어 들어온 사람은 큐르였다. 권총을 들고 있었다. 옥상을 달리며 쏜 총알은 갤럭의 오른팔을 스쳤다.

발포음이 밤하늘에 울려 퍼졌다.

『타락론』 무리가 경계하는 틈을 타 큐르는 티아 일행을 감싸는 위치에 섰다.

"다행이야. 다치진 않은 것 같네."

안도한 듯 웃은 후, 갤럭 일행을 날카롭게 노려보았다.

큐르는 갤럭의 오른손을 노렸던 것 같지만, 종이 한 장 차이로 피한 듯했다. 오른팔에서 살짝 피가 났다.

그 피를 갤럭은 맛없다는 듯 핥았다.

"흐응, 상당히 빨리 도착했어…… 『영리』 큐르. 잘난 청각으로 알아냈나."

"헤~ 잘 아네. 지금은 다른 코드 네임이지만."

상대가 이름과 특기를 맞혔는데도 큐르는 동요하지 않았다.

『타락론』은 양성 학교의 퇴학생이 결성한 범죄 집단이다. 『봉황』의 개인 정보는 들통나 있었다. 같은 학교에 다녔던 구성원이라도 있었는지 모른다.

갤럭은 의기양양하게 웃었다.

"그래, 전부 알고 있어. 양성 학교 시절에는 상당히 눈에 띄었던 것 같으니까. 덕분에 정보는 유출되어 있어."

권총을 품에 넣고, 안경의 브릿지를 밀어 올렸다.

"격투 능력은 대단치 않다더군!!"

옥상 바닥을 세게 박차 큐르와의 거리를 단숨에 좁혔다. 큐르가 쏜 총알은 피하고, 무방비한 얼굴에 하이킥을 먹였다.

큐르가 옥상 바닥을 굴렀다.

사라가 비명을 질렀다. 가세하려고 했지만, 그레테가 말렸다.

올바른 판단이었다. 소녀들이 가세해 봤자 갤럭을 당해 낼 수 있을 리가 없었다. 어중간하게 가세하면 짐만 된다. 게다가 그의 뒤에서 『타락론』의 간부 두 명이 경계하고 있었다.

티아 일행은 움직이고 싶어도 움직일 수 없었다.

큐르는 관자놀이에서 흐르는 피를 닦으며 일어났다.

"……맞아. 난 전혀 대단치 않을지도 몰라."

"엉?"

"양성 학교를 졸업하고 몇 번이나 생각했어. 진짜로, 자신감을 잃어버릴 만큼."

위압하는 갤럭에게 큐르는 말했다.

"특별 합동 연습에서 만난 여성뿐만이 아니야. 엘리트 그룹에서도 격이 다른 존재는 있고, 낙오자라는 말을 듣던 사람 중에도 수준이 다른 사람이 있어. 나는 아주 잔챙이야."

"……그럴지도 모르지."

갤럭은 고개를 끄덕였다. 자조하듯 입가가 비틀려 있었다.

"뛰는 놈 위에 나는 놈이 있어. 너무 당연해서 놓치게 되는 상식이야. 결국 내가 만든 『타락론』도 눈 깜짝할 사이에 괴멸했어. 내가—바보였어."

"꼴사납네."

"하지만 처음에는 달랐어. 스파이가 돼도 죽을 뿐이라는 걸 깨닫고, 특별 합동 연습 중에 동료를 모았어. 그저 자유롭게 살고 싶었어. 양성 학교에서 도망쳐 팀을 만들었어. 뭐든 할 수 있을 것 같았어. 하루하루가 즐거웠어. 경찰을 속이고, 갱을 함정에 빠뜨리고, 『아아, 이렇게 간단한 일이었나』 하며 매일 밤 동료와 어깨동무하고서 웃었어."

"……하지만 뛰는 놈 위에 나는 놈이 있었지."

"그런 거야."

갤럭은 어깨를 으쓱였다.

"우리를 멍청하다고 비웃을 건가?"

큐르는 고개를 가로저었다.

그러냐, 하고 갤럭은 한숨을 쉬듯 말했다.

"하지만 미안하군. 여기서 너를 죽이겠어. 우리가 다시 태어나기 위해."

티아는 가슴 안쪽이 욱신거려서 숨 쉬기가 힘들어졌다.

그들이 틀림없이 자신들과 똑같은 스파이 양성 학교의 학생이었다는 사실이 대화 곳곳에서 느껴졌다. 꾸미지 않은 자신들이었다.

『등불』의 소녀들이 아지랑이 팰리스에서 웃으며 지낸 것처럼, 그들도—.

하지만 물론 동정할 때는 아니었다.

갤럭이 풍기는 살기가 피부로 느껴졌다. 자신들의 숨통을 끊을 작정이었다.

"마음대로 해. 나는 일할 뿐이니까."

큐르는 전혀 주눅 들지 않았다.

귀를 덮는 머리카락을 양손으로 밀어 내며 살며시 말했다.

"코드 네임 『고익』— 칭송받아 으스대는 시간으로 만들 거니까."

자신의 이름을 선언하고서, 그녀는 옥상을 달리기 시작했다.

갤럭에게 가는 것도 아니고. 티아 일행을 지키는 위치도 아니고. 옥상 문이 있는 방향— 북쪽으로 달렸다.

갤럭 일행은 불가사의한 움직임을 보인 큐르에게 의식을 빼앗겼다.

그들이 염려한 것은 큐르가 여기서 도망쳐 지원군을 부르는 것이었다.

그것만큼은 피해야 한다는 것처럼 갤럭은 총구를 겨눴고, 다른 『타락론』 두 명은 티아 일행을 경계했다. 빈틈없는 연계였다.

큐르는 흡족하게 웃고 있었다.

'……예상대로 사각지대가 생겼어.'

그녀의 청각이 뛰어나다고는 해도, 바람이 세게 부는 빌딩 옥상에서 먼 곳의 대화를 듣는 것은 몹시 어려운 일이다. 하지만 아주 또렷이 울리는 그 목소리는 거리와 바람도 무시하고 전달되었다.

『어이, 여자들. 여기서 뭐 하고 있는 거지?』『『『『으엑?!』』』』『비, 빈드 씨…….』『아까 보니 내 동료 세 명이 기절해 있던데.』『누, 누가 그런 걸까요~?』『……아니. 얼버무려지지 않는다.』『……우리한테 아주 싸움을 걸고 싶은가 봐.』『아니아니, 그럴 리—.』『『『릴리가 제안했습니다.』』』『배신당했어?! —어, 어라? 방금 총성이?』『뭐, 좋아. 잠깐 도와.』『『『『응?』』』』『마침 좋은 게 있군.』

큐르는 웃음을 참느라 큰일이었다.

'진짜 웃기는 팀이고 즐거운 『밀월』이었어.'

그녀는 어렴풋이 헤아리고 있었다. 분명 이 임무가 끝나면 『봉황』은 딘 공화국을 떠나게 된다.

일말의 쓸쓸함을 느끼며, 승리를 확신했다.

『타락론』 멤버들은 옥상 밖을 의식하지 않고 있었다. 이상한 방향으로 달린 큐르에게 정신이 팔려 있었다. —등 뒤에서 오는 위기를 눈치채지 못한 채.

'있잖아, 빈드.'

속으로 말을 건넸다.

'이런 기습이 성립된다면, 너라면 죽이지 않아도 되잖아?'

멀리서 즐거워하는 목소리가 들렸다.

『『『『두 번째!! 발사아아아아아아아아아아아아아아아아아아아!!』』』』

조준은 완벽했다.

아네트가 개발한 『인간 투척기』는 크노에 의해 안정된 병기가 되었다. 모니카의 계산과 지비아의 파워로 한층 더 조준이 잡혔고, 릴리가 발사를 위한 밧줄을 기세 좋게 잘랐다.

이번에 투척된 인간은 충격 흡수 매트와 이불도 사용하지 않았다.

포탄으로서 호쾌하게 날려진 사람은 빈드였다.

절묘한 균형 감각으로 공중에서 완벽하게 자세를 제어하고, 문제없이 5층 옥상에 도달했다.

소리 없이 내려선 곳은 남쪽— 딱 『타락론』 일당의 사각지대였다.

그들이 빈드를 알아차리기까지 1.3초. 너무나도 치명적인 지연이었다.

사람 세 명이 거의 동시에 옥상 바닥에 패대기쳐졌다.

신속한 단검에 목을 맞은 그들은 헤드록 테이크다운을 당한 것처럼 회전하여 전원이 등부터 떨어졌다. 낙법을 취하지 못한 자는 뒤통수를 세게 부딪쳐 의식을 잃었다.

사라 일행은 그 광경을 코앞에서 보고 경악했다.

「정지」와 「이동」의 연속, 너무나도 예리한 완급.

『화염』의 멤버에게 물려받았다는 발놀림. 그리고 클라우스와의 훈련으로 한층 더 연마된 몸놀림.

빈드 혼자서 『타락론』의 잔당들을 때려눕혔다.

"……윽."

갤럭은 아직 의식이 있는 것 같았다.

자신이 무슨 일을 당했는지도 이해하지 못한 듯 눈을 부릅뜨고서 나자빠져 있었다. 넘어진 충격 때문에 몸이 안 움직이는지, 떨어뜨린 권총을 잡으려고도 안 했다.

빈드는 그를 내려다보고 있었다.

말을 걸지는 않았지만, 시선을 떼지도 않았다.

"……너는 좋겠다."

갤럭은 빈드를 보더니 전부 헤아린 듯 중얼거렸다.

"재능이 있으니까. 재적한 지 1년도 안 돼서 졸업하고, 벌써 스파이로 인정받고 있겠지? 진짜 부러워. 아아, 진짜로."

그들은 같은 양성 학교 출신인 듯했다.

"나도 너처럼 될 수 있었다면, 분명—."

"……그래. 환경이나 처지가 달랐다면 나와 너의 입장이 반대였을 수도 있겠지."

마침내 빈드가 입을 열었다.

갤럭이 의외라는 듯 침음을 흘리고서 몸을 떨었다.

"하지만— 전부 시시해."

냉담한 목소리가 흘러나왔다.

빈드는 흥미를 잃은 것처럼 걸어갔다.

"『낙오자』라고 경시당해도 가능성을 포기하지 않았던 녀석들을 나는 알고 있어."

어떤 얼굴로 그 말을 했는지, 티아에게는 보이지 않았다.

옆에서 온화하게 미소 짓고 있는 큐르의 입매만이 유독 인상적이었다.

◇◇◇

『타락론』 문제가 완전히 마무리되었을 즈음, 『등불』은 바빠졌다.

『봉황』이 나흘간의 짧은 휴가를 만끽하는 동안, 소녀들은 국내에 잠입한 스파이를 추적하는 데 시간을 쓰게 되었다. 그랬다, 『등불』도 일을 안 하지는 않았다.

『등불』과 『봉황』의 휴가가 겹친 것은 결국 밀월 기간의 마지막 날이었다.

늘 이용하는 담화실에서 『봉황』으로부터 『타락론』의 전말을 들었다. 결국 전원 붙잡힌 그들은 한동안 구류되게 되었다. 당장 목숨을 빼기지는 않는 듯했다.

"결과적으로 보면—."

릴리가 만족스럽게 고개를 끄덕였다.

"우리 『등불』이 자유롭게 날뛴 덕분에 생포에 성공할 수 있었던 거네요!"

"그럴 리가 있겠냐♪."

빅스가 짜증스레 쿠션을 던졌다. 정면으로 인간 포탄을 받았었는데, 어떻게든 다치지 않고 끝난 듯했다.

"하지만 틀린 말은 아니야~."

팔마가 기운 빠지는 목소리로 달랬다.

"원래는 빈드 군이 모조리 죽일 예정이었으니까~ 잘된 거 아니야? 동포를 죽이는 것보다 훨씬 나아."

크노와 란이 팔짱을 끼며 깊이 고개를 끄덕였다.

빈드가 「흥」 하고 콧방귀를 뀌었다.

"어차피 녀석들을 기다리는 건 파멸이야. 내일 총살형에 처하더라도 이상하지 않아."

"하지만 살 가능성도 제로는 아니잖아."

지비아가 머리 뒤로 깍지를 끼고 웃었다.

"재능도 있었다며? 만약 그 녀석들이 진짜로 뉘우치고 스파이가 되고자 한다면 국익이 돼. 1퍼센트라도 살 가망이 있다면 낫지."

이건 클라우스가 설명한 내용이었다.

—스파이는 이용 가치가 있는 자를 쉽게 죽이지 않는다.

—『양성 학교의 기술을 범죄에 악용하면 죽인다』라는 규정은 협박의 측면이 강하다.

물론 『타락론』의 활동으로 인해 피해자도 생겼다. 갱단 간의 항쟁은 자업자득의 측면도 있지만, 가볍지 않은 벌이 내릴 것은 확실했다. 사형당할 가능성도 여전히 있었다. 아네트도 『나님은 지옥 끝까지 쫓아가겠어요』라며 아주 진지하게 선언했다.

다만 그들에게 실낱같은 희망이 주어진 것은 틀림없었다.

이후의 일은 대외정보실 상층부의 판단에 맡길 따름이다.

그렇게 보고가 끝나자, 릴리가 일어났다.

"그럼 시작할까요!"

그녀는 천장을 향해 씩씩하게 한쪽 손을 들었다.

"『봉황』 고 홈!! 『등불』 주최, 『봉황』 송별회예요오오오오오오오!"

그 선언에 찬동하듯 박수와 함성이 터져 나왔다.

◇◇◇

『봉황』이 국외로 떠나는 날이 정해졌다.

결성된 지 1년도 안 된 팀이면서 롱청에서의 임무와 『타락론』 임무로 공적을 올린 그들은 어떤 특별한 임무를 받았다.

『포락』 게르데의 사망 이유 해명.

딘 공화국의 첩보 기관·대외정보실에 있어서 『화염』 괴멸은 가장 큰 의문이었다. 하지만 수사하고 싶어도 현재는 『화염』의 빈자리를 메꾸기만도 벅찼다. 가장 믿음직한 『화톳불』 클라우스는 다른 임무에 동원해야 했다.

그리하여 뽑힌 것이 『봉황』이었다.

보스인 『비금』 빈드는 게르데와 만난 적이 있었다. 대외정보실의 상층부는 생전에 게르데가 있었다는 펜드 연방에서의 수사를 『봉황』에게 명했다.

이 내용은 기밀 사항으로 『등불』에게는 알리지 않았다.

그녀들은 **잠시간의 작별**이 찾아왔다고 인식하고 있었다.

◇◇◇

밤새 야단법석이 벌어졌다.

먹고 소리 지르고, 마시고 치고받고, 추격전을 벌이고, 얘기하고 울고 웃고, 그리고 또 먹고, 의미도 없이 밤하늘을 향해 외쳤다.

아지랑이 팰리스의 조명을 전부 켜고, 정원에 테이블과 의자를 놓고, 요리와 음료를 차렸다. 당연히 『봉황』과 클라우스를 위해 술도 놓여 있었다. 『등불』의 소녀들은 알코올 금지지만, 개중에는 얼굴이 빨개진 자도 있었다. 클라우스는 「술도 안 마셨을 텐데 이상한 일이군」 하고 아무 생각도 안 하기로 했다.

클라우스와 빅스는 와인잔을 한 손에 들고서 작금의 국제 정세에 관해 말했다. 란과 릴리가 음식을 둘러싸고서 체스로 승부를 시작했고, 지비아가 부정행위로 지원했다. 주방 쪽에서는 크노가 추가 요리를 만들었고, 사라와 에르나가 레시피를 메모했다. 팔마는 오리지널 무알코올 칵테일을 만들어 아네트를 회유하여 마침내 그녀의 관심을 끄는 데 성공했다. 일찌감치 만취한 큐르는 푸념을 늘어놓으며 티아에게 위로받고 있었다. 빈드와 모니카는 사라의 지도 방침에 관해 대립하여 설전을 벌였다.

심야가 되었을 때, 큐르는 세 번째로 토했다.

과음한 탓이었다.

그레테가 등을 쓸어 주고 물을 마시게 해 줘서 겨우 의식이 각성했다.

빠른 속도로 알코올을 과하게 섭취하여 티아의 가슴을 주물럭거리기 시작해서, 클라우스가 진심으로 싫다는 듯 「더러운 걸 보이지 마」라며 피했었다. 사라를 와락 끌어안아서 빅스와 크노가 떼어 냈었다. 끝내는 모니카에게 토하여 배를 정통으로 맞고, 그대로 정원 구석으로 옮겨졌다.

그레테는 「……약을 찾아서 가져오겠습니다」라며 건물 쪽으로 갔다.

새삼 미안하게 여기다가, 옆에 남자 한 명이 더 있음을 깨달았다.

"아주 신났군."

빈드였다.

왼손에 카망베르 치즈 덩어리를 호쾌하게 들고, 오른손에 와인병을 들고 있었다.

"……뭐라 할 말이 없네."

"너는 술이 들어가면 진짜 귀찮아져."

"시끄러워……. 빈드도 간호해 주는 거야?"

"그럴 리가. 여기가 조용해서 있는 거야. 너는 나중에 왔어."

빈드는 시시하다는 듯 치즈를 베어 물고, 그대로 호쾌하게 와인병을 기울였다. 소위 말하는 병나발이었다. 와인이 꿀렁거리는 소리를 냈다.

"시끄러운 건 안 좋아해."

시선을 돌리니 『등불』과 『봉황』은 테이블 쪽에 모여서 뭔가 회의를 시작하고 있었다. 모두의 얼굴이 상기되어 보이는 것은 술 때문만은 아닐 것이다.

빈드는 그 사이에 낄 마음이 없는 것 같았다.

그 옆모습을 멍하니 바라보고 한숨을 쉬었다.

'……결국 빈드가 바뀌었는지 안 바뀌었는지 모르겠네.'

줄곧 기대했었다.

『등불』과의 나날로 빈드가— 『봉황』이 바뀌는 것을.

하지만 명확한 변화는 느낄 수 없었다.

빈드는 여전히 연대나 대화를 바라지 않는 고집불통이었다. 클라우스와의 훈련으로 실력은 향상되었지만, 동료를 대하는 태도는 바뀔 조짐도 없었다.

'으음~ 이 남자는 진짜 무슨 생각을 하고 있는 걸까…….'

물어보면 가르쳐 줄까.

그런 느낌은 들었지만, 입 밖으로 나온 것은 「나도 술~」이라는 말이었다. 어리광 부리듯 뻗은 손을, 빈드는 「이 이상 추태를 보이지 마」라며 쳐 냈다.

손을 붙잡고서 「아하하」 하고 벌러덩 드러누웠다.

알코올 때문에 안 돌아가는 머리로 할 질문은 아니지, 하고 속으로 웃었다.

마침 달이 높이 떠 있었다. 울퉁불퉁한 표면까지 보일 듯한 밝은 달이었다. 레몬처럼 둥글었다.

"만월이라고 하기에는."

큐르는 중얼거렸다.

"살짝 이지러져 있네."

"아니."

빈드는 마시던 와인병에서 입을 뗐다.

"만월이야. 어딜 어떻게 봐도."

"어? 그런가?"

"나한테는 그렇게 보여."

그건 큐르의 머릿속에서 따뜻한 추억을 상기시키는 말이었지만, 취한 머리로는 떠올리는 데 시간이 너무 많이 걸렸다.

느긋한 시간을 보내고 있으니, 두 사람 곁으로 란이 달려왔다.

"큐르 언니, 빈드 오빠도."

"응?"

"다 같이 아지랑이 팰리스의 벽에 그림을 그리는 흐름이 되었소."

란의 손에는 빨간 스프레이 캔이 들려 있었다.

시선을 옮기니, 다른 사람들은 아지랑이 팰리스의 외벽을 따라

걸으며 그림을 그릴 만한 벽을 찾고 있는 것 같았다.

"……클라우스 선생님은 화 안 냈어?"

"매우 싫은 것 같았소."

"그럼 안 되지!!"

"하지만 그래도 허락해 줬소."

그가 인정해 준 것은 의외였다. 아지랑이 팰리스를 상당히 아낀다고 들었다.

란에게 팔을 잡혀 이동했다. 빈드도 마지못한 모습으로 따라왔다.

동료들은 현관 바로 옆의 벽을 캔버스로 정했는지 복작복작 모여 있었다.

그리고 있는 것은 전설상의 생물이었다.

그 날개를 한 명씩 그려 나가는 것 같았다.

"다음은 에르나 차례야!" "저는 호쾌하게 그리기로 할까요♪." "나님! 커다랗게 그리고 싶어요!" "팔마의 공간이…… 너무해~."

모여드는 동료가 귀찮은 듯, 빈드가 스프레이 캔을 잡더니 「거기서 비켜」라고 말하고서 크노의 등을 토대로 도약했다.

마치 단검으로 벤 것처럼 빨갛고 예리한 선이 그어졌다.

"""""오오오오오오오오."""""

알 수 없는 환호성이 일었다.

빈드는 큐르 옆에 착지하여 스프레이 캔을 휙 넘겼다.

"네 차례야."

"아, 응……."

“왜 그래?”

“아니, 이런 이벤트에 참가하는 게 의외여서.”

빈드는 불만스러운 듯 「……날 뭐라고 생각하는 거야」라며 눈을 가늘게 떴다.

마치 토라진 것 같은 반응이라서 저도 모르게 웃어 버렸다.

“있지, 빈드. 이 그림 말이야, 한 달쯤 지나면 지워져 버린대.”

“……그런가. 그럼 굳이 그릴 필요도 없었나.”

“또 그리러 모이자. 다 같이.”

“……”

뭔가 말하고 싶은 것처럼 입을 벌리는 빈드에게서 시선을 뗀 큐르는 완성되어 가는 그림을 가만히 바라보았다.

클라우스가 그림 그리는 걸 허락한 것은 두 가지 사정 때문이리라.

하나는 한 달 정도면 지워지는 도료였으니까.

그리고 또 하나는 이게 단순한 낙서가 아니니까.

불새—『등불』과 『봉황』, 두 팀이 어우러져 연대한 상징.

그 전설은 누구나 알고 있다.

불사조— 그것은 아무도 죽지 말고 다시 돌아오라는 기도가 담긴 그림이었다.

추상⑤ 『원공』 아디

“아~ 빈드 군, 빈드 군.”

“……뭐야? 굳이 내 침실까지 와서.”

“보스인 내가 아주 살짝 조언해 줄 게 있어요.”

“닥쳐, 입 다물어. 나한테 말 걸지 마. 곧장 돌아가.”

“너무 차갑지 않아?!”

“……뭐, 좋아. 그래서? 용건이 뭔데?”

“달! 달을 봐 주세요.”

“허?”

“저건 무슨 달로 보여?”

“……초승달인데? 어떻게 봐도.”

“땡, 만월입니다.”

“뭐?”

“태양 빛이 안 닿아서 보이지 않을 뿐, 달은 줄곧 동그란걸. 이지러져 보일 뿐이야. 천체 망원경으로 보면 그늘도 보일 거야.”

“……말장난하자는 거야? 네 말대로면 이 세계에서 『반달』이나 『초승달』이라는 개념은 사라지는데.”

“아니아니, 들어 봐. 이건 인생에도 통해. 연상으로서 아주 살짝 조언을—.”

"……기밀문서로 코를 푼 여자한테 받는 조언이라."

"그 일은 진짜 미안!!"

6장 허니문 레이커

입에 들어온 흙이 기분 나빠서 빈드는 눈을 떴다.

습기를 머금은 흙을 뱉자 검은 피가 섞여 있었다. 문제없이 숨을 쉴 수 있으니 소화기 계통의 장기가 상했구나, 짐작했다. 그 밖에 왼팔도 출혈이 심한 것 같았다. 전신의 통증이 의식을 각성시켰다.

'……긴 꿈을 꿨어.'

두 다리로 일어서며, 방금 자신에게 일어난 일을 돌아보았다.

머릿속에서 재생된 것은『등불』과의 교류 기간이었다. 최근의 기억을 파낸 걸까.

팔마가『등불』에게 임무를 도와달라고 부탁했을 때, 란에게 보고받았던 미술관에서의 전투, 크노와는 완전히 따로 행동했던『타락론』과의 항쟁, 빅스와의 폭력 섞인 대립, 그리고『등불』의 송별회에서 본 달.

마지막에는 아디의 기억까지 떠올렸으니 참 운치 있는 일이다.

'역시나…….'

빈드는 자조했다.

자신에게 일어난 현상의 이름 정도는 역시 알고 있었다.

'—이게 주마등이라는 건가.'

숨이 다할 때 보는 돌발적인 회상.

이성은 알고 있다. 자신이 곧 죽으리라는 것을.

그래서 뇌세포를 최대한 활동시켜 과거에 타개책이 없는지 모색한다. 기억 전체를 검색하여 생존할 가망을 찾는다. 그러한 인간의 본능이 주마등이라고 불리는 현상의 정체라고 했다.

하지만 쓸 만한 방책은 찾지 못한 듯했다.

눈앞의 남자에게서 도망칠 방도는 없었다.

—밤의 어둠 속에 서 있는, 오른팔이 세 개 달린 남자.

장신을 푹 덮는 검은 코트를 입고 있었다. 그 후드 때문에 얼굴은 잘 보이지 않지만, 오른팔 세 개가 특징적이었다. 상처투성이인 굵은 오른팔, 기계적인 광택을 띠는 의수 두 개. 상당히 무거워 보이지만, 남자는 가뿐히 휘둘렀다.

그는 일어난 빈드를 보더니 몸을 들썩였다.

"이렇게나 압도해 버릴 줄이야. 역시 나는 시대가 낳은 영웅인가."

도취한 듯한 음성으로 말했다.

"—아아, 은퇴가 멀어지는군."

빈드는 이 남자의 이름은 모른다.

코드 네임 『흑사마귀』— 가르가드 제국의 수수께끼에 싸인 첩보기관 『뱀』의 일원.

『봉황』을 괴멸로 몰아넣은 주범이었다.

◇◇◇

비극은 펜드 연방에서의 임무 중에 찾아왔다.

『봉황』은 이 땅에서 활동했던 것 같은 『포락』 게르데의 발자취를 쫓고 있었다. 많은 의문을 남기고서 사라진 전설의 스파이팀인 『화염』의 멤버. 그녀가 죽은 원인을 해명하기 위해, 빈드는 기억을 의지하여 게르데와 마지막으로 만났던 집합 주택을 특정했다.

빈드는 게르데의 아지트였던 것 같은 건물을 찾았다.

그녀의 목격 정보는 다른 동료에게 모으라고 하고, 자신은 지하실로 가는 출입구를 찾았다. 당시 이용했던 출입구는 막혀서 다른 입구를 찾아야 했다.

시간을 들여 지하실에 도착하고, 세계의 이면에서 움직이던 최악의 계획이 적힌 자료를 그곳에서 발견했다.

당장 동료에게 연락했다.

심야, 『봉황』이 거점으로 쓰던 플랫 하우스에 멤버를 모았다. 빅스, 크노, 팔마, 란이 차례차례 왔고, 이제 큐르만 기다리면 됐다.

큐르는 집합 시간보다 늦게, 필사적인 형상으로 찾아왔다.

"애들아! 지금 당장—."

말은 거기서 도중에 멈췄다. 저마다 따로 행동하며 임무에 힘썼던 『봉황』은 그녀가 전하고 싶은 바가 무엇인지 짐작도 가지 않았다.

하지만 섬뜩한 살기와 함께 이해했다.

"—【목록 1번】."

먼저 크노가 폭사했다.

창문을 깨고 들어온 폭탄을 향해, 가장 먼저 그가 품에 안듯이 달려들었다. 다들 얼떨떨해하는 동안, 폭탄은 그의 배 아래에서 작렬했다. 딱 봐도 치명상임을 알 수 있을 만큼 그의 하반신은 파괴됐고, 내장인지 지방인지 알 수 없는 살덩어리가 바닥에 흩어졌다.

"……옳다."

그의 얼굴을 줄곧 덮고 있었던 가면이 깨지며 입가가 살짝 드러났다. 희미하게 웃고 있었다.

"크노 오빠?!"

란의 절규가 울리는 가운데, 빈드 일행은 행동을 개시했다.

누군가가 자신들을 습격 중이라는 사실을 이해했다. 곧장 복도로 뛰쳐나갔다. 복도에는 이미 권총을 든 공작원이 있었다. 차림새를 보아하니 CIM 사람인 것 같았다.

그들은 빈드 일행을 체포하려는 것이 아니라 즉시 말살하고자 했다. 평범한 스파이를 대하는 대응과는 달랐다.

하지만 실내에서는 빈드가 절대적인 힘을 발휘했다.

열린 문이나 기둥을 차폐물 삼아 총알을 피하며, 벽과 바닥을 박차 도약하듯 이동. 즉시 육박하여 적의 경동맥을 단검으로 벴다.

건물 밖으로 나간 후에도 격렬한 총격전이 계속됐다.

빈드 일행은 50명 이상의 적에게 포위당해 있었다.

우수한 지휘관이 있는 것은 틀림없었다. 어둠 속에서 「—【목록 17번】」 하고 여성의 목소리가 울릴 때마다 진형이 바뀌고, 날아오는 총알의 각도가 달라졌다. 도망치는 방향에 먼저 와 있고, 숨으려고 접근한 건물에는 미리 사람이 배치되어 있었다.

빗발치듯 쏟아지는 총알은 직격을 면해도 확실하게 멤버의 살을 깎아 나갔다.

그래도 빈드 일행은 물러나지 않았다. 적의 숨통을 끊으며 어둠 속으로 도망쳤다. 빈드가 아홉 명, 빅스가 일곱 명, 적을 죽였다.

강에 도착하여 다음 수단을 썼다.

"란, 너는 가."

"잠깐. 빈드 오빠, 소생은—!!"

란은 저항의 의지를 보였으나, 큐르가 그 등을 강으로 밀었다. 확실하게 한 사람은 살려서 정보를 전해야 했다.

란을 피난시킨 후에도 전투는 길게 이어졌다.

포위망을 돌파하기까지 한 시간 넘게 걸렸다. 큐르의 뛰어난 청각으로 루트를 선택하고, 적을 저격하고, 죽인 적에게서 총을 뺏고, 또 적을 죽였다. 몸에 묻은 피가 자신 것인지 타인의 것인지도 알 수 없었다.

강을 북상하니 자두나무가 늘어선 과수원 같은 곳에 도착했다. 관리하는 자가 없는지 황폐하여, 땅에 떨어진 과실을 까마귀가 쪼고 있었다. 전등은 없었고, 달빛만이 조용히 주위를 비추고 있었다.

추적자의 기척은 마침내 사라졌다.

하지만 그래도 거리를 벌려야 했다. 빈드, 빅스, 팔마, 큐르순으로 강을 올랐다.

총에 맞은 오른쪽 어깨를 누르고 있는 빅스가 괴롭게 말을 흘렸다.

"얼마나 죽였을까요. 대체 이게 무슨 상황이죠♪."

앞장서 있던 빈드가 고개를 끄덕였다.

"큐르, 너는 뭔가 아는 것 같던데. 대체 무슨—."

마침 뒤돌았을 때, 그 현장을 목격했다.

—제일 끝에 있던 큐르의 목에서 꽃이 피어나듯 빨간 피가 터졌다.

가벼운 몸놀림으로 나타난 자가 마치 춤추는 듯한 매끄러운 움직임으로 톱날 단검을 휘둘러 조용히 큐르의 목숨을 취하고 있었다. 스포트라이트라도 되는 것처럼 기분 좋게 달빛을 받으며, 톱니 같은 이를 보이고서 「갸하!」 하고 가학적으로 웃었다.

"광! 란! 노! 도!"

양쪽 어깨를 크게 노출한 소녀가 웃고 있었다. 팔다리가 길고 몸이 낭창낭창했다. 양쪽 어깨에서 뻗은 번개 같은 흉터가 섬뜩했다.

"라는 느낌~? 갸하하! 설마 『배리어스』로부터 도망칠 줄이야. 아~ 의외로 쓸모없네, 그 녀석들."

또 다른 적이 미리 와 있었음을 깨달음과 동시에, 다른 방향에서도 목소리가 들렸다.

"놀지 마, 초록나비."

위협적인 목소리였다.

자두나무 뒤에서 거구의 남자가 등장하여 빈드 일행에게 달려들었다. 큰 체구에 비해 날렵한 몸놀림이었다. 오른팔을 휘둘렀다. 코트에 덮인 오른팔에서 뭔가가 튀어나와 빈드와 빅스를 동시에 공격했다.

두 사람은 순간적으로 몸을 뒤로 뺐지만, 오른팔에서 뻗어 나온 **무언가**가 더 빨랐다.

"빅스 군! 빈드 군!"

팔마가 날카롭게 외쳤다.

남자의 오른팔에서 뻗어 나온 것은 또 다른 오른팔 두 개였다. 금속 같은 광택을 띠고 있었다. 틀림없이 의수였다.

의수 두 개가 빈드와 빅스의 목을 아슬아슬하게 스치며 그대로 허공을 갈랐다.

빈드는 팔마의 멱살을 잡고 남자와 거리를 벌렸다.

"……공격이 빗나갔어?"

여러 팔을 가진 남자는 의아한 듯 말했다.

"아니, 『빗나가게』 한 건가……? 재미있군. 내 몸을 조종했나."

팔마는 자신의 신체를 움직여 상대의 주의나 관심을 조종할 수 있었다.

그녀의 활약으로 첫 공격을 피한 듯했다.

"하지만 그런 마술로 언제까지 내게 저항할 수 있을까?"

남자는 오른팔 세 개를 움직이며 살기를 풍겼다.

공기가 차가워지는 듯한 감각을 통해 빈드는 상대의 역량을 추측했다. CIM 사람과 격이 다른 것은 명백했다. 체력도 무기도 소모한 상황에서 싸울 수 있는 상대는 아니었다.

"도망친다."

빈드는 즉시 결단을 내렸다.

살해당한 크노와 큐르를 생각하면 뜨거운 분노가 치솟았지만, 스파이로서의 이성이 최선책을 도출했다.

거구의 남자를 피해 반대쪽으로 몸을 움직였다.

초록나비라고 불린 소녀는 그걸 예상한 것처럼 미리 와서 권총을 들고 있었다.

"갸하하! 그럴 수 있을 것 갸흐엑?"

짜증 나는 목소리를 도중에 막았다.

"—방해돼, 여자."

발사된 총알을 피하고 순식간에 거리를 좁혔다.

상대가 반응할 틈조차 주지 않았다. 몸의 중심을 틀고 순간이동 같은 속도로 도약해 3미터 거리를 제로로 만들었다.

네 번 연속으로 발을 놀려 그녀의 목에 단검을 도달시켰다.

"방금 그 움직임……."

초록나비는 눈을 부릅뜨고 있었다.

"……『포락』?"

단검은 목의 살갗만을 벨 수 있었다.

적도 평범한 족속은 아닌 듯했다. 빈드가 완전한 상태였다면 끝장낼 수 있었겠지만, 한 시간이 넘는 전투로 체력이 떨어져 있었다.

초록나비의 배를 차올려 치워 버리는 사이에 남자가 접근했다.

"물러나 있어라. 내가 진짜 실력을 발휘해야 할 것 같군."

아직 10미터 넘게 거리가 있었다. 의수가 닿을 거리는 아니었다.

거리를 살려서 빅스가 접근을 막으려는 듯 권총을 쐈다. 총알은 남자의 머리를 향해 똑바로 날아갔다.

하지만 뇌를 직접 뒤흔드는 듯한 이상한 목소리가 들렸다.

"천하무적의 소탕이다—《거철지부》."

빈드가 숨을 삼킨 순간, 승패는 결정되었다.

흑사마귀의 의수《거철지부》는 그가 10년 이상의 세월을 들여 개발한 병기였다.

무자이아 합중국에서 영웅 소망에 사로잡힌 남자는 무기를 개발하는 데 집착했다.

개발에 거액의 비용이 든다는 것을 알자, 스파이가 되어 가르가드 제국에 갔고, 활동 자금을 횡령하자는 생각을 떠올렸다. 흰거미의 권유로 『뱀』의 멤버가 된 그는 가르가드 제국의 첩보 기관으로부터도 자금을 조달받아 자신의 의수를 완성시켰다.

몸집이 큰 그만이 다룰 수 있는 기계팔은 절단, 방화, 교살이 특기였다.

가장 무서운 기능은— 충격파.

초고온과 초고압으로 수증기 폭발을 일으켜서 미립자 사철과 폭풍을 전방으로 방출. 총알의 방향까지 왜곡시키고 모조리 파괴한다.

먼저 그 충격파를 맞은 팔마와 빅스가 동시에 날아갔다.

빅스가 뻗은 오른팔이 찌그러지고, 팔마의 몸이 피투성이가 되었다. 순간적으로 몸을 뺀 빈드도 휘말렸다.

거리가 있었던 만큼, 자세를 바로잡을 수 있었다.

하지만 빈드가 고개를 들었을 때, 동료는 이미 당한 상태였다.

흑사마귀가 왼손으로 쏜 총알이 빅스의 몸을 꿰뚫고 있었다. 빅스는 팔마를 지키듯 몸으로 감싼 것 같았다. 하지만 다음 탄환이 팔마의 몸을 꿰뚫었다.

"슬픈 일이긴 하지만—."

흑사마귀가 기쁜 듯이 말했다.

"—이것도 나의 역할이야. 아아, 가르가드 제국민의 기대가 나의 두 어깨를 짓누르는군."

"……윽."

이성이 불타 버릴 뻔했을 때, 다시 흑사마귀가 오른팔을 휘둘렀다.

두 번째 충격파.

빈드의 몸은 재차 날아갔다. 단검으로 막을 수도 없었다. 총알도 통하지 않는다. 막으려고 든 왼팔의 피부가 벗겨졌다.

붕 떠오른 몸은 뒤통수부터 추락했다. 뇌가 흔들리며 전신에서 힘이 빠져나갔다. 연전을 벌인 탓에 체력도 한계에 달해 있었다.

땅에 쓰러져, 입에 들어온 흙 맛에 얼굴을 찌푸리고 죽음을 각오했다. 이제 일어날 기력도 없었다.

흑사마귀는 「아직 살아 있나」라고 의외라는 듯 중얼거리더니, 그 사실이 더더욱 그를 도취시켰는지 황홀하게 혼잣말을 했다.

—달을 향해 오른팔을 뻗었다.

빈드 자신도 왜 그런 행동을 했는지 알 수 없었다. 서쪽 하늘로 가라앉으려 하는 상현달. 만질 수 있을 리 없다. 하지만 잡을 수 있을 것 같다는 생각이 들었다.

"마침내 착란에 빠졌나."

흑사마귀가 가엾다는 듯 말했다.

"이 나라에는 이런 말이 있지. —달을 긁어모으는(문레이커) 자. 연못에 비친 달을 갈퀴로 긁어모으는 어리석은 자— 딱 지금의 너 아닌가."

코웃음 친 후, 슬쩍 다가왔다.

"달을 잡으려고 한 자여, 내가 숨통을 끊어 주마."

꺼림칙하게 뻗은 의수 두 개가 빛났다. 마치 주인에게 명령받아 환희하듯 꿈틀거리기 시작했다. 그가 최대 출력으로 빈드의 육체를 파괴할 작정인 것은 명백했다.

그런 위기가 닥쳤는데도 빈드는 계속 달을 바라보고 있었다.

이윽고 힘이 다해 잠에 빠지듯 의식이 끊겼다.

그리고 본 것이다. —주마등을. 『등불』과 보내는 나날 속에서 올려다봤던 거룩한 달을.

◇◇◇

훨씬 뛰어난 강자와 마주한 것은 처음이 아니었다.

육체에 새겨진 상흔이 그의 몸에 열을 불어넣었다.

—『포락』 게르데.

2년 전, 해군 정보부 소속이었던 빈드를 펜드 연방에서 훈련시킨 그녀는 빈드를 며칠간 일방적으로 혼쭐낸 후 어떤 부탁을 했다.

"클라를 도와주지 않겠나?"

어릴 적 목숨을 구해 준 은인이기도 한 사람의 말이었다.

"너는 장래성이 있어. 언젠가 클라와 나란히 설 수 있을 정도로는."

—『화톳불』 클라우스.

게르데가 언급한 남자는 도움 따위 필요 없지 않을까 하는 생각이 들 정도의 강자였다. 한 달간 온 힘을 다해 습격해도 상처 하나 입히지 못했다.

"임무가 끝나면 다시 아지랑이 팰리스에 돌아와."

송별회 밤, 그는 다정한 음성으로 말했다.

"또 환영해 주지. 내 친구로서."

◇◇◇

"……시시해."

입에서 흘러나온 것은 그런 말이었다.

역수로 단검을 움켜쥐었다. 최후의 힘을 쥐어짜 일어났다.

『등불』과의 밀월을 회상했을 때, 아디와의 한때를 떠올렸을 때, 그리고 강자와의 만남을 곱씹었을 때, 시야가 트인 기분이었다. 한계를 뛰어넘어 몸을 움직였다.

"……더 싸우는가."

흑사마귀가 유쾌하다는 듯 웃었다.

"나쁘지 않군. 상대가 압도적 강자여도 끝까지 발버둥 치는가. 천하무적인 내가 칭찬해 주마."

헛소리에 어울려 줄 생각은 없었다.

남은 마지막 연막탄을 던지고 달려서, 자두나무의 줄기에 단검으로 재빨리 흠집을 새겼다. 딘 공화국의 스파이만이 읽을 수 있는 암호였다. 초록나비라고 불린 소녀, 그리고 팔이 여러 개 달린 남자의 정보와 메시지를 남겼다.

연막으로 번 시간은 몇 초뿐이었다.

흑사마귀는 공격에 대비해 몸을 긴장시켰던 모양이었다. 이윽고 의수를 휘둘러 생긴 풍압이 연막을 몰아냈다. 장소를 이동한 빈드를 보더니 「목적이 뭐지」라고 중얼거렸다.

빈드는 손안에서 단검을 돌려 고쳐 잡았다.

"달을 긁어모으는(문레이커) 자—라고 했지?"

"음?"

"훌륭한 말씀이었어. 이미 아는 말이었지만."

"그런가. 시시한 시간을 보내게 했군. 용서해라."

"아니, 유쾌했어. 너의 멍청함이 말이야."

흑사마귀가 욱했는지 얼굴을 찡그렸다.

빈드는 그걸 기분 좋게 느끼며 웃었다.

"너는 달을 긁어모으는(문레이커) 자라는 말의 유래는 모르는 모양이야."

상대를 도발하듯이 그 일화를 말했다.

"밤에 악인이 밀수품을 옮기다가 실수로 연못에 빠뜨리고 말았어. 황급히 갈퀴로 긁어모으는데 운 나쁘게도 지나가던 세무관이 말을 걸었지. 악인은 당황해서 수면에 비친 달을 가리키며 『연못에 떠 있는 치즈를 모으고 있다』라고 둘러댔어. 세무관은 『달을 긁어모으려 하다니 정말 어리석군』이라며 크게 웃고서 그 자리를 떠났어."

단숨에 얘기한 후, 빈드는 여유롭게 말했다.

"즉, 반대인 거야."

"……."

"진짜로 어리석은 자는 **달을 긁어모으려고 한 자를 비웃은 자**야."

"……!"

자신의 착각을 깨달았는지 흑사마귀가 분한 듯 몸을 떨었다.

"……그래서 어쨌다는 거지? 어차피 네가 죽은 목숨인 건 변함없어."

목소리에서 여유가 사라져 있었다. 강한 힘을 가지고 있으면서, 아니, 가지고 있기 때문에 도발에 쉽게 걸려드는 것 같았다.

「네놈은 이해할 수 없을 거야」라고 빈드는 말했다.

"달을 잡으려고 한 내 심정을."

설명할 마음도 없었다.

빈드가 추구한 달이— 아디와 올려다봤던 달이— 『등불』과의 송별회에서 봤던 달이— 그리고 낙오자들과 보냈던 **밀월**이 그에게 준 힘을.

"우리는 스파이야. 정보를— 삶의 증거를 누군가에게 맡기고서 죽어 가지."

"망언을 품은 채 사라져라."

더는 참을 수 없는지 흑사마귀가 의수로 충격파를 날렸다.

빈드는 타이밍을 읽고 그것을 종이 한 장 차이로 피했다.

이미 두 번이나 봤다. 흑사마귀 자신은 아무런 피해도 입지 않으니, 충격파가 후방에 미치지 않는 것은 명백했다. 밀리지 않게 버텨야 하니 급격한 방향 전환에는 대응할 수 없다. 또한 연속으로는 쓸 수 없다.

특기인 발놀림을 이용해 충격파가 미치지 않는 범위로 돌아들었다.

흑사마귀는 동요하지 않았다.

"누구나 떠올릴 대책이지."

몸을 돌리며 의수를 휘둘렀다. 설령 충격파를 날리지 못해도, 《거철지부》는 베는 것도 조르는 것도 쉽게 수행할 수 있었다.

흑사마귀가 빈드에게 카운터를 먹이려고 했을 때, 그의 몸이 흔들렸다.

"—윽?!"

그건 투석이었다.

의식하지 못한 각도에서 소리도 없이 날아온 주먹만 한 돌이 그를 직격했다.

빈드에게는 돌이 날아온 순간이 보였다.

'빅스……!'

그는 아직 숨이 붙어 있었다.

팔마는 자신의 목숨을 바치며 기술을 구사하여 빅스의 수명을 아주 약간 늘렸다. 그는 숨이 다하는 마지막 순간에 자신의 완력만으로 기습 공격을 성공시켰다.

연계라고 하기에는, 너무 미숙했다.

하지만 흑사마귀에게 생긴 한순간의 빈틈을 빈드가 놓칠 리 없었다.

"코드 네임 『비금』— 물어뜯는 시간이 되어라!"

흑사마귀의 의수를 지나쳐 벼락같은 속도로 단검을 찔렀다.

노렸던 목을 꿰뚫지는 못했다.

그러기 직전에 흑사마귀가 공격을 포기하고 회피와 방어에 온 힘을 쏟았다. 오른팔의 기계 부분으로 단검을 막았다. 금속끼리 부딪쳐 불꽃이 튀었다.

흑사마귀가 신음했다.

뭔가가 부서지는 소리가 났다.

"……《거철지부》가……!"

오른쪽 어깨와 기계를 잇는 접속 부분에 단검이 박혀 의수 두 개가 떨어졌다.

흑사마귀는 아연실색한 표정을 지으며 뒤로 쓰러졌다. 단검이 또 날아들면 그도 목숨이 위험했다.

하지만 곧장 어떤 사실을 깨닫고 깊은 한숨을 쉬었다.

빈드는 이미 숨져 있었다. 흑사마귀의 의수에서 튀어나온 칼날이 그의 복부를 깊이 가르고 있었다. 그의 몸이 무너지듯 쓰러졌다.

◇◇◇

어떤 경지에 도달한 자만이 알 수 있는 감각이 있다.

딘 공화국의 전설적인 스파이팀 『화염』은 그 상태를 『마음에 불을 붙인다』라고 표현했다. 하지만 그들 자신도 그게 무엇을 의미하는지는 설명하지 못했다. 스파이로서 비약적으로 성장했을 때 이해할 수 있다고 말할 수밖에 없었다.

클라우스는 19세에 『뱀』의 일원 『은매미』와 싸우며 도달했다.

모니카는 16세라는 어린 나이에 펜드 연방에서의 임무로 도달했다.

『비금』 빈드도 이때 그 경지에 도달해 있었다.

『흑사마귀』의 무기는 파괴되었고, 수복에 시간이 필요했다.

『봉황』의 이 공적이 없었다면 『등불』의 임무 결과는 크게 달라졌으리라. 모니카는 살해당하고, 클라우스도 기관차에서 습격당하고, 양팔을 구속당해 패배했을지도 모른다.

◇◇◇

빈드는 순백의 세계에 서 있었다.

하얗고, 밝고, 아름답고, 그리고 아무것도 없는 공간이었다. 정신차리고 보니 와 있었다.

죽기 직전에 보는 환각인가, 하고 그는 판단했다. 그다지 자세히 생각하지는 않았다. 어찌 되든 좋은 일이었다.

하얀 허공을 향해 물었다.

"……내 선택에 따라 피할 수 있는 미래였다고 생각해?"

희미한 미혹.

빅스에게 지적받고서 망설임이 없었던 건 아니다.

무한한 IF가 머릿속을 스쳤다. 좀 더 빅스와 손을 맞잡았다면— 『봉황』 멤버들의 말에 귀를 기울였다면— 『등불』 녀석들처럼 동료와 함께 웃었다면— 혹은 『타락론』처럼 스파이의 길을 포기했다면—.

자신들에게는 많은 선택지가 있었다. 『등불』과 『타락론』이 보여 줬다.

하지만 빈드는 택하지 않았다. 택할 수 없었다.

“아니, 틀렸어. 녀석들은 전혀 몰라.”

강하게 잘라 말했다.

동료와 연계하라고 빅스가 나무랄 때마다 솟구쳤던 짜증. 그 이유는 확실히 말할 수 있었다.

“—『봉황』은 완벽했어. 고칠 점 따위 하나도 없어.”

이대로 좋았다.

『등불』처럼 될 수는 없고, 되어선 안 된다. 자신들에게는 자신들의 형태가 있었다.

아디를 잃은 후, 『봉황』은 다 같이 분투했다. 빈드는 실력을 높였고, 다른 멤버도 기술을 연마했다. 큰 결핍을 메꾸듯 때때로 싸우고, 때로는 서로 도발하며 임무에 임했다. 빅스는 끝까지 빈드에게 덤벼 줬다.

아무것도 모자라지 않았다. 아디의 혼은 계승되었고, 달은 계속 둥글다.

"『봉황』은 완전무결한 스파이팀이었어."

그렇게 단언하자 **그녀**는— 어느새 눈앞에 서 있던 여성은—『봉황』을 만들어 준 보스는— 예전에 말썽만 잔뜩 부렸던『원공』아디는— 빠른 재회를 안타까워하는 것 같으면서도 줄곧 고대한 듯한, 재회의 기쁨을 미처 숨기지 못하는 복잡한 표정을 짓고서 조용히 웃었다.

"정답이야, 빈드 군."

자신이 바로 상사라고 주장하는 것 같은 살짝 우쭐거리는 말투였다. 뭐라고 불평해 줄지 생각하며,『비금』빈드는 눈을 감았다.

■작가 후기

오랜만에 뵙습니다. 타케마치입니다.

『스파이 교실』의 세 번째 단편집. 『봉황』과 『등불』의 교류 기간을 그린 권입니다.

대담한 수법을 사용했습니다. 사실 세컨드 시즌 전체의 전개를 고려하면 『봉황』과 보낸 나날은 확실히 묘사하는 것이 어울리기에, 원래는 이걸 본편 6권으로 하는 게 좋았습니다. 하지만 그러면 본편의 기세가 확 꺾여 버리죠. 고민 끝에 내린 결론이 「본편에 써야 할 『봉황』과의 나날을 통째로 잘라서 단편집으로 발표한다」라는 수법이었습니다. 드래곤매거진에 단편을 연재할 수 있는 판타지아문고이기에 가능한 강점이죠.

……뭐, 제가 개인적으로 「이거 굉장하지 않아?!」라고 느끼고 있을 뿐, 다른 작가님들은 당연하게 하고 계시겠지만요.

이하, 각 에피소드에 대한 코멘트입니다.

「case 팔마」&사라편. 본편보다도 단편 쪽에서 더 생기 넘치는 누나. 즐거워요.

「case 란」&모니카편. 하오하오. 따로 말할 건 없습니다.

「case 크노」&아네트편. 단편집 03에서 가장 마음에 듭니다. 이

조합 좋아요.

「case 빅스」&그레테편. 그레테를 클라우스 외의 다른 남자와 대화시키고 싶었어요. 그리고서 다시 한번 클라우스와 마주하길 바라고 쓴 에피소드입니다.

「case 큐르」. 총세 15명이 자유롭게 움직이는 난장판 단편. 아무튼 시끌벅적합니다. 에르나 부유 사건의 범인은 너무 당연해서 이제 아무도 상관하지 않아요.

「허니문 레이커」. 말할 것도 없이 빈드편. 틀림없이 『봉황』의 중심인물입니다. 작중에서도 묘사되었지만, 그가 없었다면 펜드 연방에서의 임무는 성공할 수 없었어요.

이하, 감사 인사입니다. 토마리 선생님. 6권의 후기에서도 언급했지만, 이렇게 자세히 『봉황』이라는 팀을 묘사할 수 있었던 것은 최초의 독자인 토마리 선생님께서 그들의 존재를 인정하고 완벽하게 디자인해 주셨기 때문입니다. 거듭 감사드립니다. 그리고 『봉황』을 사랑해 주신 많은 팬분들도 감사합니다. SNS에서 본 응원 코멘트가 이 단편집을 쓸 용기를 줬습니다.

다음 단편집은 펜드 연방 임무의 전후 이야기가 될 것 같습니다. 가혹한 임무의 직전, 도중, 그리고 뒤처리. 본편 9권이 먼저 나올 예정이지만, 반드시 쓸 테니 기대해 주세요.

……그 왜, 『그녀』가 새로 들어갈 곳을 정해야 하거든요. 하오.

타케마치

스파이 교실 단편집 3
허니문 레이커

초판 1쇄 발행 2024년 2월 20일

지은이_ Takemachi
일러스트_ Tomari
옮긴이_ 송재희

발행인_ 최원영
편집장_ 김승신
편집진행_ 권세라 · 최혁수 · 김경민 · 최정민
편집디자인_ 양우연
관리 · 영업_ 김민원

펴낸곳_ (주)디앤씨미디어
등록_ 2002년 4월 25일 제20-260호
주소_ 서울시 구로구 디지털로 26길 111 JnK디지털타워 503호
전화_ 02-333-2513(대표)
팩시밀리_ 02-333-2514
이메일_ lnovellove@naver.com
L노벨 공식 카페_ http://cafe.naver.com/lnovel11

SPY KYOSHITSU TANPENSHU Vol.3 HONEYMOON · RAKER
©Takemachi, Tomari 2022
First published in Japan in 2022 by KADOKAWA CORPORATION, Tokyo.
Korean translation rights arranged with KADOKAWA CORPORATION, Tokyo.

ISBN 979-11-278-7015-7 04830
ISBN 979-11-278-6341-8 (세트)

값 11,000원

*이 책의 한국어판 저작권은 KADOKAWA CORPORATION와의
독점 계약으로 (주)디앤씨미디어에 있습니다.
저작권법에 의해 한국 내에서 보호를 받는 저작물이므로 무단전재와 복제를 금합니다.

*잘못된 책은 구매처에 문의하십시오.

L BOOKS

© Kumo Kagyu,so-bin 2023
© 2023 Drecom Co.,Ltd.
Wizardry™ is a trademark of Drecom Co.,Ltd.

블레이드&바스타드 1~2권

카규 쿠모 지음 | so-bin 일러스트 | 김성래 옮김

아무도 공략한 적 없는 《미궁(던전)》 깊은 곳에서 발견된

존재하지 않아야 하는 모험가의 시체—.

소생했지만 기억을 잃어버린 남자 이알마스는 단독(솔로)으로 《미궁》에 진입해서

모험가의 시체를 회수하는 나날을 보내고 있었다.

《소생(카도르토)》이 성공하든 실패해서 재가 되든 개의치 않고

대가를 요구하는 모습을 멸시하면서도 실력은 인정해주는 모험가들.

이처럼 재투성이로 살아가는 이알마스의 일상은

괴멸된 모험가 파티의 유일한 생존자,

「잔반(가비지)」이라고 불리는 소녀 검사와의 만남을 계기로 변화를 맞이한다!

카규 쿠모와 so-bin이 선보이는 다크 판타지, 등장!!

BOOKS

라이트노벨의 새로운 빛! L북스의 신간은 매월 20일에 발매됩니다. http://cafe.naver.com/lnovel11

L BOOKS

Copyright © 2022 Kon Hoshizaki
Illustrations copyright © 2022 Niθ
SB Creative Corp.

나에겐 이 어둠이 아늑했다 1~3권

호시자키 콘 지음 | Niθ 일러스트 | 박춘상 옮김

"하하……. 진짜냐……."
이세계에서 히카루를 기다리고 있었던 것은 시야를 가득 메운 광대한 숲.
농밀한 기운이 감도는, 흉악한 마물을 잉태한 대자연이었다—.
어느 날 갑자기 모든 세계에 울린「신」의 목소리.
그 내용은「무작위로 선발된 천 명을 이세계로 보내
그 모습을 모든 세계에 실시간 방송한다」는 것이었다!!

—바라든 바라지 않든 모든 행동이 전 인류의 구경거리가 되는 특수한『이세계』.
걸려 있는 목숨의 수조차 [조회수=기프트]로 바뀌는 무자비한 세계에서
억 단위의 시선들에 노출된 채 수없는 위기에 직면하면서도
히카루는 어둠의 정령의 총애를 받고, 궁지에 몰린 소녀 검사를 구해내
살해당한 소꿉친구의 모습을 찾아 죽음이 도사리는 세계를 헤쳐 나간다!!

BOOKS

라이트노벨의 새로운 빛! L북스의 신간은 매월 20일에 발매됩니다. http://cafe.naver.com/lnovel11

L BOOKS

©Umikaze Minamino, Laruha 2022
KADOKAWA CORPORATION

마술사 쿠논은 보인다 1~2권

미나미노 우미카제 지음 | Laruha 일러스트 | 박춘상 옮김

눈이 보이지 않는 소년 쿠논의 목표는 물 마술로 새로운 눈을 만드는 것이다.
마술을 배운 지 불과 5개월 만에 교사의 실력을 뛰어넘은 쿠논은
역사상 최초의 도전에 임하면서 그 재능을 더욱 꽃피운다!
마력으로 주변 색깔을 감지하거나, 물 마술을 응용하여 손난로나 파스를 개발하거나,
초급 마술만으로 고양이를 재현하거나—.
그 기술과 상상력은 왕궁 마술사조차 혀를 내두를 정도였다.
마술 실력을 높이 평가받은 쿠논은 최고의 실력을 지닌 마기사의 제자가 되는데?!

호기심으로 세계를 개척해나가는 천재 소년의 발명 판타지!

BOOKS

라이트노벨의 새로운 빛! L북스의 신간은 매월 20일에 발매됩니다. http://cafe.naver.com/lnovel11

© 2021 by Hamuo, Mo
EARTH STAR Entertainment Co.,Ltd

헬 모드 1~4권

하무오 지음 | 모 일러스트 | 김성래 옮김

"로그아웃 중에도 저절로 레벨이 올라? 이건 쉬운 게임을 넘어 방치 게임이잖냐!"
야마다 켄이치는 절망했다. 열심히 플레이하던 온라인 게임은 서비스 종료.
몇만 시간을 쏟아부어 파고들 가치가 있는 작품은 거의 살아남지 못했다.
"어디 보자……. 끝나지 않는 게임에 당신을 초대합니다, 라고?"
그런 켄이치가 우연히 검색하게 된 타이틀 없는 수수께끼의 온라인 게임.
난이도 설정 화면에서 망설이지 않고
최고 난이도「헬 모드」를 선택했더니 이세계의 농노로 전생해버렸다!
농노 소년「알렌」으로 전생한 그는 미지의 직업「소환사」를 능숙하게 다루며
공략본도 없는 이세계에서 최강으로 향하는 길을 더듬더듬 걸어 나아가는데—.

BOOKS

라이트노벨의 새로운 빛! L북스의 신간은 매월 20일에 발매됩니다. http://cafe.naver.com/lnovel11